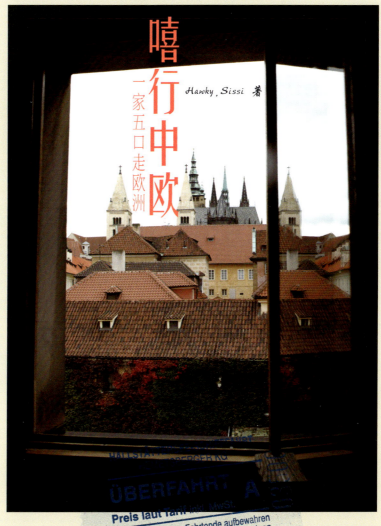

嘻行中欧

*Hawky , Sissi* 著

一家五口走欧洲

中国海洋大學 出版社

·青岛·

# 目录

去旅行
一个人走，是精彩
两个人走，是浪漫
三人行，是幸福
全家游，是真心满足


和最爱的人，去世界上最美的地方……

2010 年 9 月 27 日，一架阿联酋航班的客机穿过捷克首都上空的乌云降落在**布拉格机场**。兴奋着走下飞机的乘客中有五个中国人：两位长者，一对青年夫妇，以及一个鬼灵精怪的小男生。这就是即将开始**中欧**之行的 **Hawky & Sissi** 一家：阿公、阿婆，爸爸 Hawky，妈妈 Sissi，儿子龙龙。

肯定会有人问，为什么想到带着阿公阿婆一大家子出行。原因很简单，

**阿公阿婆**也想看看外国是什么样子。年初一家人已经去了一趟泰国，但是与阿公阿婆期望的"发达国家"之旅不甚相符。于是此次欧洲之行索性再带上阿公阿婆，而且经过"泰逍遥"的历练，一家人也有若干默契，想必应付得了此次旅程中可能出现的问题。**只是我们没有预料到，后面的行程依然会有若干曲折……**

# 前奏

2010 年的国庆去哪里？按照我们前两年的计划，是去西班牙，原因无他，就是受杂志上一篇描写西班牙的文章的吸引。可是在 8 月初具体开始准备行程的时候，才发现西班牙的景色好像单一了点，法国又有点奇怪，之后想到了英国。我一直想去苏格兰高地感受一下《Brave Heart》里的悲壮，咨询过同事和朋友，10 月份苏格兰高地风"狠"大，只得放弃。再之后，因为东欧也一直在目的地名单上，尤其是捷克和匈牙利。但是为签证方便，又加了德国进来；既然德国都进来了，顺手把奥地利也加进来吧。中间甚至还考虑过瑞士，做了一个瑞士的旅游行程。几经周折，本着"地方宜少不宜多，求精不求全"的原则，忍痛舍弃布达佩斯，终于定为捷克、奥地利、德国三国五地游。

　　Sissi 只用了一周就准备好所有的签证材料，包括酒店、机票预订，顺利通过领事馆审核。签证生效日期为 2010 年 9 月 27 日，但是 Sissi 的心房跳动得急了点，定了

**TIPS:** 如何"偷"一天时间？如到达目的地时签证已生效，从深圳湾口岸过境中国香港，边检人员会放行。中国香港边检同样不会阻拦。不要从蛇口港或宝安机场走，因为那里是直接出境到外国而不是过关到中国香港，因此在签证没有生效前不会允许出境。

9月26日晚上起飞的航班(到达欧洲是9月27日),这样就可以"偷"一天。

带着小朋友旅游最大的好处就是经常会受到额外的照顾:或者走特别通道,或者有小礼品赠送。这次搭乘阿联酋航空,出发前我和Sissi就"算计"阿联酋空姐会不会有礼物赠送呢? 果然,飞机从中国香港起飞不久,空姐就送来一个装有手偶、图书和零食的斜挎包;得陇望蜀,迪拜转机后会不会还有礼品赠送? 嘿嘿。飞机从迪拜起飞后,"新"空姐果然又送来一个不同颜色的装有布偶和图书的斜挎包。哇哈哈,太赚了!

Sissi提前在航空公司的网站上给阿婆定了糖尿病人餐,给龙龙定了儿童餐。这些特殊餐会提前供应,不过阿婆和龙龙并不太喜欢这些特殊餐平淡的味道。

在机场,为了更好地"管理"龙龙,我们设计出一套奖励系统,包括6个项目:不挖鼻子,自己吃饭,配合拍照,公共场合不大声说话,口述游记,画画。每天对他进行评估,表现好的项目就奖励一颗小红星,四颗小红星换一颗大红星,如果一天拿满六颗小红星,作为奖励就可以得到两颗大红星。得到十颗大红星就可以要求买一个玩具(我仔细计算过,龙龙得到二十颗大红星的几率很小,何况解释权在我手里,嘿嘿)。龙龙听到有玩具买,十分兴奋,立即戴上这个"金手铐"。

**TIPS:** 签证准备:捷克、奥地利和德国都已加入申根,因此持由任一申根成员国签发的申根签证即可入境。

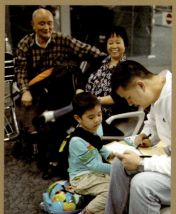

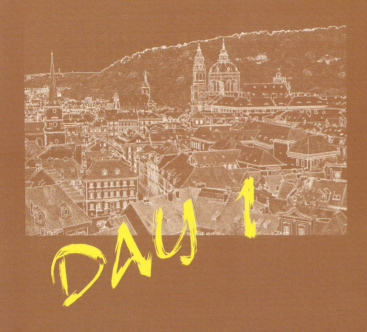

DAY 1

# 初见布拉格

　　布拉格,是《生命中不能承受之轻》描述的凝重,还是闪耀在倾城日光中的金色明媚?对于昔日的波西米亚王国,我有着太多的想像和期望。然而任何的假设,都不及倚在查理桥上,看秀美的伏尔塔瓦河( Vltava River )绕城而过,让头发在冷寂的秋风中凌乱五秒钟。那一刻,这个城市悲情而忧郁的气质在蒙蒙细雨中清晰起来……

布拉格，这三个字多么地小布尔乔亚。

布拉格，是《生命中不能承受之轻》描述的凝重，还是闪耀在倾城日光中的金色明媚？对于昔日的波西米亚王国，我有着太多的想像和期望。然而任何的假设，都不及倚在查理桥上，看秀美的伏尔塔瓦河绕城而过，让头发在冷寂的秋风中凌乱五秒钟。那一刻，这个城市悲情而忧郁的气质在濛濛细雨中清晰起来……

阿联酋的飞机上，初瞥红房顶。

机底的摄像头将俯拍的景象呈现到迫不及待的游客眼前，将十几小时飞行带来的疲惫一扫而光。眼前不由自主浮现出在优雅的红房顶逆风掠过的假想。寒冷，萧瑟，这些都不能降低我们哪怕一点点的热情。踏在被岁月打磨得锃亮的碎石路上，无法掩饰内心的激动。要知道，从离开机场，我已经在心里大喊了数十遍"布拉格，我来了"！

——sissi

**TIPS:** 机场兑换小额当地货币。捷克没有加入欧元区，Hawky 怀着刮骨的勇气，在机场兑换点用全捷克最差的汇率外加小额兑换手续费换了 100 欧元的捷克克朗。

步出机场，迎面扑来略微凛冽的寒风，却没有吹散一家人脸上的阳光。机场外我们遇到了此行在布拉格的第一个难题——如何购买去市区的 119 路公共汽车车票？站台上有几个自动售票机。正当 Sissi 和我四只大小眼睛琢磨着英文和捷克文时，一个捷克姑娘现场"演示"了如何买票：按一个按钮→投币→币被退出，姑娘用硬币在机器上狠狠刮了几下→再投币→机器出票。

**TIPS:** 兑换货币：市区内兑换点汇率是 1:24，买卖差价不大，即使是小额换汇，也是同样的汇率，没有手续费！注意：很多换汇点，大字标示的汇率都是大额换汇才能享受的，小额换汇的汇率很差，例如机场那家。换币时最好各种币值都包括在内，小币值或硬币用来购买车票等会很方便。

捷克姑娘看两个外国人一直盯着她，知道这对男女肯定不是贪恋她的美色，一定是新驴不知道怎么买票。她索性开始演示给我们看："这个是购票按钮，你想买几张票就按几下按钮，屏幕上会有显示。"姑娘不确定对面这两个外国人是否能弄得懂这串"复杂"的动作。"你们也可以上车后向司机买，贵一点而已。"

　　接下来我们开始实践，但是，但是，我们把机器浑身上下搜了个遍，也只找到硬币入口、出票口和找零钱口，就是没有看到纸币入口。如果只收硬币，机器上也没说啊——还是上车买吧，原价26克朗（75分钟有效）的票再贵能贵多少？几个大活人总不能让几枚硬币给憋死，更何况——机场外面真得有点冷。

　　上车后我在司机那里以30克朗的价格购买了4张票，尨尨免票。由于紧张，外加担心被查票，拿到票后赶紧交给Sissi去打印时间使票生效，然后跑下车搬箱子——箱子和阿公阿婆也不能遗失。正当我准备坐下休息，嗯，还少了点什么——啊，司机还没有找钱！我没有等司机找钱就跑开了！好在帅气的司机还记得Hawky，所以没费什么周折。

　　119路公共汽车就是一条普通公交线路，沿途有很多当地人上下。公共汽车从布拉格机场出来驶上一条普通市政道路，没有远离市区。公路沿线的建筑让我有种时空倒错回到出生地的亲切感，也许是它们的骨子里还残存着前苏联筒子楼的风格。其实筒子楼挺丑的，但是一旦融入童年岁月，就不再有美丑概念，只有"亲我"与"非我"的区别。

　　119路的终点站就是 A 线地铁的起点站，我们在此转乘地铁，到 Mustek 站下。不知道当年捷克是不是以防核打击的标准修建地铁，这个站挖得可真够深，连接地下与地面的自动扶梯都相当陡，从底下看顶端能把脖子崴断，回头看下面，似乎万丈悬崖。而对面下行扶梯上的人，一个个身体后仰，生怕一个跟头翻下"深渊"（也许是视觉误差）。

　　从地铁出来，按照 Sissi 的描述，这里就是布拉格著名的"老城广场"（Old Town Square）。广场面积不大，由一些多层建筑合围而成，广场上众多的游客都在从事同一活动——"吃"。广场上散列着七八个小吃铺，贩卖着不同的食物，混合着各类烧烤食物的香气钻进我们的鼻子，刺激着 Sissi 的神经。"一会儿我们就

来这里吃捷克小吃。"Sissi 看到好吃的就兴奋，和她儿子一样。

"我们该往哪里走才能去酒店呢？"我们站在广场中央，迷失了方向。我举着 GPS 手机——它还在忙于追求捷克上空的卫星；Sissi 则捧着酒店的 Google 打印地图，却找不到我们所在街道的名称……一位中年男子正在广场上兜揽生意，抬头看见五个中国人拖着箱子，站在雨中东张西望，一副抵达北极却找不着北的样子，遂快步走到我们面前，问清去处，在他的地图上指出位置和方向，然后在我们谢过准备离开时，将地图直接塞给了 Sissi——这是我们本次旅程遇到的第一个活雷锋。

布拉格完全应该改名叫"小石城"，地面全用小石头铺就，凹凸不平极有立体感。手拖箱的轮子好像只够填石头缝，拖行起来滚动声就像孙悟空听唐僧念紧箍咒那么让人头痛。攻略上说乱穿马路被罚款的几率很高，我们不敢在没有人行横道的地方穿越任何道路、小巷，不管它有多窄，我们腿有多长……

Sissi 预定的酒店叫 Residence Bologna，楼下有两个餐厅和免费 WiFi。Sissi 预定了一个号称两间房的套间，看过才知道实际是一房一厅，客厅里支了两张单人床，被算作了"房"。一个床脚已经断了，赶紧通知前台更换。在酒店安顿好后，一行人满怀期待浩浩荡荡走向"老城广场"。

本着旅游期间不减肥的原则，我们买了油饼、手圈饼、烤肉串、烤牛肉，其中手

牛肉被火烤得吱吱冒油，只是声音已让人食欲大开

　　圈饼是本地特产，饼在炭火上烘烤而成，做法与平日所见的西方糕点制作方式大相径庭，而且这种现烤现卖的方式和冒出的香气，极易勾起观者的食欲。当年在爱琴海，我们就是一边看着滋滋冒油的烤肉，一边大嚼香味四溢的 Pita Gyros。广场边上也有一家卖 Gyros 的小吃店，我迫不及待地品尝了一份，肉和饼都不够热，香味明显没有被激活，真是相见不如怀念啊……

芝士烤饼

★手镯面包是捷克的特色糕点

★吃着手里的，想着架子上的

★捷克的烤香肠也比较出名，夹在
面包里，龙龙马上独占了一份

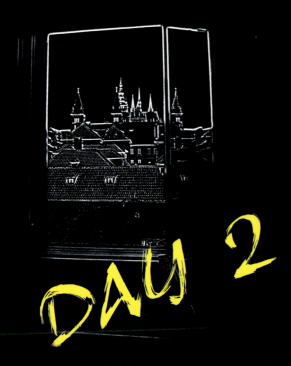

# DAY 2

# 城堡区漫步

　　望着桥下的伏尔塔瓦河，很难想像大桥从建成到现在，曾经多次遭遇洪水的劫难，而桥面也曾在战争中受损，被侵略者践踏；老城桥塔上更曾悬挂哈布斯王朝反对者的头颅，见证波西米亚人民的屈辱。经历过辉煌与磨难的查理大桥，如今屹立在平静的河水中，往日的荣耀早已褪去，唯有内在的艺术气质焕发出不老的生命。

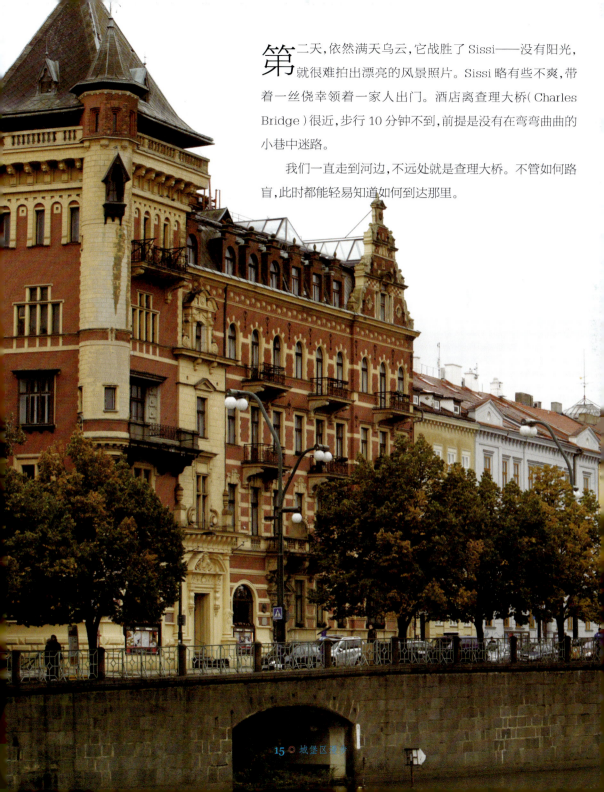

第二天，依然满天乌云，它战胜了Sissi——没有阳光，就很难拍出漂亮的风景照片。Sissi略有些不爽，带着一丝侥幸领着一家人出门。酒店离查理大桥（Charles Bridge）很近，步行10分钟不到，前提是没有在弯弯曲曲的小巷中迷路。

我们一直走到河边，不远处就是查理大桥。不管如何路盲，此时都能轻易知道如何到达那里。

　　布拉格城内有轨电车（Tram）四通八达。酷爱交通工具的龙龙对于这种头上长着辫子，可以在城市里开来开去的"火车"充满了好奇，拿着临时专属小相机拍下一张张貌似"后现代主义"的照片。

　　小雨渐大，我们顺势走入一条长廊，长廊内的纪念品商店还未开门，但是一队队制作精美的小人偶却已在橱窗中整装待发，灵气逼人。

　　走出长廊，就是查理大桥的桥塔。桥塔下站立着

一个古装武士,可以与之合影。按理说,这种地方的观赏性的卫士,其服饰应该展示他那个时代的巅峰状态,但是他的装束看起来除了红、黄色衣服比较鲜艳外,没有什么能更多吸引眼球的地方,就像一个普通作战士兵的装束。难道欧洲历史上有名的波西米亚王国就这么寒酸?

查理大桥由查理四世始建于 1357 年,桥名即是对他的纪念。在 1841 年前,它是横跨伏尔塔瓦河(Vltava River)的唯一桥梁,连接着老城和城堡区。大桥长 516 米,宽约 10 米,有 16 个桥拱,两端有 3 座桥塔,其中两座位于城堡区,一座位于布拉格老城一侧。老城一侧的桥塔经常被认为是世界上最令人惊讶的世俗哥特式建筑之一。大桥使用波西米亚砂岩建造。为了更加坚固,建造者在粘合石块的灰浆中加入了鸡蛋。据说,查理大桥也是"捷克音乐之父"作曲家斯美塔那创作《我的祖国》(也叫做《伏尔塔瓦河》)的创作源泉,是著名作家卡夫卡的生命和灵感的发源地。(维基百科)

★ 这类卫士通常都是游客合影的对象。不过,阿公和阿婆还有些羞涩,即使Sissi、Hawky、龙龙做了示范也不能拉近他们一点。看来,我们不光要鼓励龙龙勇敢点,也要鼓励阿公阿婆多与世界人民交流

在大桥上，龙龙开始
给其他人出考题："一个房
子加一个房子等于几个房
子？"

"两个房子。"这么弱
智的问题，大家都有些不
屑。

"那一个房子加一个房
子等于几个窗户？"龙龙不
紧不慢继续问。

我小眼瞪大眼，Sissi
大眼瞪小眼，阿公阿婆差点
背过气去。

"再考你们一个问题：
一个西瓜加一个西瓜几个
人吃得完？"

……

伏尔塔瓦河上多次差
点出现四具浮尸！

查理大桥上已有不少漫步的游客，还有售卖自己作品的画家、纪念品售卖亭和其他小贩。传说中小贩数量应该很多，不知道是不是时间不对，抑或中国人对于"多"的概念和其他国家不太一样，反正我们在桥上并没有看到那么多。

大桥两边树立着各色天主教圣徒的塑像，Sissi 和我对他们的事迹基本一无所知，也就没有办法给龙龙讲述他们的故事。而龙龙最感兴趣的还是手上的自己用乐高积木组装的"飞机"，它能根据龙龙的愿望变成地上跑的汽车和空间扫描器（其实按照功能应该是雷达）。龙龙不停地玩耍他的玩具，在地上玩，在栏杆上玩，在雕像底座上玩，仿佛查理大桥是一座外星球，而他作为宇航员就在探索这个新世界。龙龙想爬上雕像底座。我们看看周围，似乎这种行为没有什么不妥，于是帮龙龙爬上去拍了个照。

龙龙下来后继续在底座上玩他的乐高玩具，这时一个大叔走过来，指着玩具问："Is it legal？（这是合法的吗？）"

Sissi 和我都吓了一跳，他说龙龙刚才站上去是违法的？那为什么刚才不说，想钓我们鱼吗？还是他认为在石头底座上玩玩具会损坏文物？慢着，这个人怎么看都像个游客啊？

那个大叔看我们疑惑不解，继续说："I'm from Denmark. Denmark produces

★圣若翰洗者　　　　　★帕多瓦的安多尼　　　　　★圣奥斯定

toy Lego. Is the toy Lego？（我从丹麦来，丹麦生产乐高玩具。这是乐高吗？）"

哦，原来是这样啊。"Yes, yes, it's Lego.（是的，是的，它是乐高。）"大叔嘿嘿一乐，走了。

一番惊吓后，我们又将注意力转移到了两边的圣徒塑像。

对于这些圣徒，我只知道"长翅膀的人就是天使"，我如是告诉龙龙。当然，这是偷懒的说法，因为在景点看到长翅膀的除了乌鸦，基本就是天使。

还有一座雕像，人物均手持法器、权杖和兵器。圣徒抓住了控制世界最重要的三样东西——思想、权力和暴力。

虽然贵为圣徒，雕像表面却多是黑黢黢的，莫非他们也想学习中国圣人的"同其尘"？不过，维修用的脚手架泄露了秘密。另外，这些雕像据说只是复制品，原装货已经搬到博物馆去了。

望着桥下的伏尔塔瓦河，很难想像大桥从建成到现在曾经多次遭遇洪水的劫难，而桥面也曾在战争中受损，被侵略者践踏；老城桥塔上更曾悬挂哈布斯王朝反对者的头颅，见证波西米亚人民的屈辱。经历过辉煌与磨难的查理大桥，如今屹立在平静的河水中，往日的荣耀早已褪去，唯有内在的艺术气质焕发出不老的生命。

在桥上走走停停，边走边看，我和Sissi突然发现阿公阿婆不见了。"阿公走得快，一定走下桥了。"我猜测。可是，走下查理大桥也没看到阿公阿婆，走上小城区的街道还是没看到阿公阿婆。"嗯，怎么回事？难道刚才我们反而超过了他们？"经过我和Sissi两次上桥寻找才找到他们，原来阿公阿婆自己顺着WC的标志走下桥找洗手间去了，不过顺着标志走了很远走到一栋房子前就没了WC的踪影。这次走失事件也让我们警醒，如何在行进过程中保证团队的完整。

我们在小城区继续信步闲逛。中世纪，小城基本是德国人的居住区。直到19世纪末，布拉格乃至捷克居住着数量庞大的德意志人，但是随着"二战"德国战败，如传说中希特勒自杀前预言的那样，东欧的德意志人基本逃离或被驱逐出境，甚至出现针对德意志人的集体屠杀。

接近中午，走得也有些疲惫，加上"小雨淅沥沥沥沥沥，淅沥沥沥下个不停……"，我们于是走进街边一家餐厅吃饭兼休息。餐厅装饰得乡村风味很足，同时很整洁。Sissi 点了三个比较有当地特色的菜——猪脚、排骨和南瓜汤。服务员看着我们五个人，说这三个菜不够吃。嗯，放在国内，五个人怎么也要四五个菜，可是 Sissi 看到攻略上说，这些菜分量很大，千万不要按照国内的习惯。先上着吧，不够再说。实践证明，我们不仅吃撑了，剩下的还打包带了回去。

吃完饭，让龙龙睡了一会儿。他可能还没有倒过时差，等到小雨停歇后我们才离开餐厅，经过圣尼古拉斯教堂（ST. Nicolaus Church）走进城堡区（Prague Castle）。

布拉格城堡是世界上最大的城堡，长约 570 米，平均宽度约为 130 米。它的历史可以追溯到公元 9 世纪。公元 14 世纪，布拉格在神圣罗马帝国皇帝查理四世的统治下达到繁荣，并成为当时世界第三大城市。查理四世不仅下令修建查理大桥，同时重建布拉格城堡，以及开始建造城堡区内的圣维特主教座堂。自此，布拉格和布拉格城堡一起成为了帝国的中心，开始其荣耀的历史。不过，对于"世界第三大城市"这一称谓，我深为怀疑，彼"世界"可能只是欧洲、西亚和非洲。论古代城市规模，欧洲和中国还是不能相比的。

布拉格城堡建在一片高地上。站在城堡外的广场，远眺乌云下的布拉格城区，无从得知"金色布拉格"因何得名。

可能在餐厅喝了太多水的缘故，又有人需要上洗手间。城堡洗手间前立了个牌子，一个人 10 克朗或 0.5 欧元，自己投币。啊喔，我们知道德国上洗手间要收费，

没想到捷克也收。自此"上还不是上"就是每天思考最多的问题。

城堡区内有一个中世纪风格的黄金巷（Golden Lane），因当年金匠聚集而得名。黄金巷现在是一条受到保护的小巷，看照片相当精致可爱，是购买纪念品的好地方，也是 Sissi 计划中的景点之一。卡夫卡的妹妹曾经将卡夫卡接到黄金巷 21 号居住。虽然卡夫卡只住了一个月，却留给后人一个"卡夫卡故居"。但是，由于正在翻修，黄金巷被关闭——Sissi 又受到了打击。

受天气影响，Sissi 决定今天不进城堡内部参观。

★ 布拉格城堡外的卫兵已是现代服饰，也许与城堡内有政府机构办公有关。阿公阿婆这次终于大大方方上前与卫兵合影

**TIPS：** 现在大家把曾经流行一时的 W.C.（Water Closet）视为粗俗，而更多的使用 Toilet（化妆室）或 Washroom（洗手间）、Restroom（休息间）。不过，在这里和东欧地区如果忽视 W.C.，很有可能会尿裤子！

城堡区后门附近有一个玩具博物馆,上书"这里能看到黄金巷"。Sissi 立即带着我和龙龙走进去,当然龙龙更为这个白捡来的机会高兴。 玩具博物馆内收藏了无数的玩具,从各式洋娃娃、玩偶、小房子、小家具到士兵、军舰、坦克等等,不仅龙龙看了羡慕,Sissi 和我看了也流口水。这些看似给小朋友的玩具,把玩和收藏最多的却是成年人,也不知道是后人的幸事还是收藏者的不幸。

龙龙远远看见山下的有轨电车,嚷嚷着要坐,加上大家走得也有些疲劳,于是决定乘坐有轨电车返程。有轨电车站没有自动售票机——尽管这次我已经攒了大把硬币。电车司机也不售票,不过他指点我去地铁站里买。我赶紧跑下去买了四张 25 分钟有效票。

有轨电车有两节车厢,当电车到达时,我们五个人居然分成两路各往一节车厢跑,真是太没有组织纪律性了。在一片叫喊与混乱之中,我第一个冲上了车,然后…… 车门就在我身后坚定地关闭,将其余四人挡在了车外。难怪孙子教导我们:"是故卷甲而趋,日夜不处,倍道兼行,百里而争利,则擒上将军,劲者先,疲者后,其法十一而至( 连续行军百里去打仗,士兵容易掉队,只有十分之一的人能够赶到目的地,战斗的结果就是领军的将军被俘虏 )。"这么短短几米路,我们居然有五分之四的人掉队,剩下我一个孤家寡人去哪都是被俘虏的结果。

在第一站下车,我立即坐上回头车自我遣返,然后重新去地铁站买了一张 25 分钟有效的车票。和大部队会合后,就听到了他们关于刚才"失败"的调查结论——龙龙没有听从指挥,擅自选择车厢。改进措施是,以后坐车,必须拉着龙龙,跟着 Sissi 和我走,当然实际是跟着 Sissi 走,因为经过长年的训练,我已经形成了紧跟 Sissi 的习惯。

回到酒店,阿公阿婆煮了几包方便面,佐以榨菜和中午打包的剩菜,龙龙吃得香喷喷,阿公和阿婆也吃得十分舒坦。老人家和小朋友还是更习惯中餐,虽说有些遗憾,不能更多地体验当地美食,不过一家人出来玩,开心最重要,有点小缺憾也不无不可。

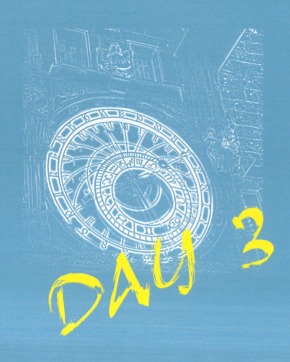

DAY 3

# 布拉格的11路车

　　新城区不像老城,后者有着五湖四海的旅游气息,它展示着布拉格的过去和游客镜头内希望看到的景致;前者则是布拉格人现在的生活环境,是布拉格历史在当下的延伸。

★什么，布拉格没有11路车？请低头看一下你双腿长什么样子

早上起来，我发觉硬币都不见了。钱少了还在其次，那些硬币可是我厚着脸皮换来的，或者每次付费时积攒下来的，用一天半的时间攒点硬币可不容易啊。大家翻包摸口袋都没有发现一点踪迹，难道家里的小鸟飞过来叼走了（每次我们把龙龙的东西藏起来，或者他的东西不见了，我们都会说"被小鸟叼走了"）？我为此像祥林嫂一样念叨了两天。

今天走老城南面的新城区，全程"11路车"。

新城区和老城区、小城区、城堡区等都是组成布拉格的城区。顾名思义，"新"城区就是组成布拉格的五个独立城镇中最年轻的一个，也是面积最大的。不过，新城却是查理四世在1348年创建的——真是一个"老小伙子"啊！

顺着伏尔塔瓦河畔的斯美塔那滨河路（Smetanovo Street）

往南走,沿途是各式风格古朴的建筑,包括著名的布拉格民族剧院( National Theatre )。上海外滩有些像它的升级版。河边有一座造型奇特的房子,人称"跳舞的房子"( Dancing House ),房子扭曲略微倾斜,好像在与旁边的房子相拥而舞。在一溜造型严谨的建筑末尾,出现这么一栋大胆而有趣的房子,实在有些出人意料!

在此处,我们转向东,前往瓦茨拉夫广场( Wenceslas Square )。沿途的建筑

更新更现代，街道也平直和宽阔不少，路上行人明显不是游客，我们五人倒显得有些扎眼。

瓦茨拉夫广场原名马市广场，中世纪时曾是马匹市场，19 世纪改为现在的名字。瓦茨拉夫广场是布拉格最大、最繁华的广场，长 750 米，宽 60 米。光看数字就知道这个广场和国内的一些大马路差不多大，甚至比不上一些县级城市的广场。实际上看起来，就是两条大马路。不过一个广场绝不是以其尺寸来衡量其江湖地位。如同查理大桥一样，瓦茨拉夫广场也见证了近现代的捷克历史。

1968 年，"布拉格之春"后的 8 月，苏联和华约组织军事入侵捷克，这里就停满了苏联坦克。捷克军队已经被缴械，愤怒的捷克人民只能用另类的方式表达自己的抗议：

★在广场顶端的捷克国家博物馆前，一个扭曲的拟人的十字架躺在地上，依然是纪念那两位自焚的学生

"小伙子们骑着摩托上的捷克国旗，围着坦克车挥舞着绑在长长的旗杆短得不可思议的迷你裙，车飞速疾驰，姑娘们则穿着相识的过路人接吻，故意当着苏联大兵的面，与素不苏联的入侵，再说一遍，不刺激那些性饥渴的可怜虫。仇恨的狂欢，永远没有人仅仅是一场悲剧，也是一场兰·昆德拉，《生命不能会理解它奇异的快感。"（米作为异国来客，我们只承受之轻》）法完全理解它内在的意义。能一点点去猜测和体会，无

广场上还有一个小念两个查理大学的学生。纪念碑，掩映在灌木丛下，纪学的学生 Jan Palach 在1969 年 1 月 16 日，查理大苏联为首的华约组织入瓦茨拉夫广场自焚，抗议以侵捷克斯洛伐克。同年 2 月25 日，另一个学生 Jan Zajic 再次在瓦茨拉夫广场自焚。自焚，是手无寸铁者对施暴者最后的武器，也是唤醒他人的最沉重的方式。两个学生以身体做火炬，试图点亮白夜。捷克人民也因为他们而走上街头，没有旗帜或口号，只以沉默表达内心的抗议。

1989 年，瓦茨拉夫广场又见证了改变捷克人民命运的天鹅绒革命。

站在瓦茨拉夫雕像前，回望面前的两条大马路，虽然车水马龙，但远算不上壮观（可能对

于从中国大城市来的人而言,世界上绝大多数城市的马路场景都算不上壮观)。努力想憋出一点感慨,但眼前的平淡让我无法产生任何"输出"。雕像前,一群学生嬉笑中拍出各种 pose,只为拍出有趣的照片。这里也是游人驻足最多的地方。学生纪念碑和十字架前除了一束花,并无多少人特别在意,更无学生在那里宣誓。看起来似乎是对英雄的淡忘,但另一方面也说明布拉格民众没有生活在恐惧之中。不用通过纪念英雄的方式来唤醒自己和他人,这何尝不是那些英雄想要的结果呢?

　　龙龙不会在意这里的过去和未来,他的兴趣还是手里的相机,在瓦茨拉夫雕像前拍个不停。阿公继续担当人肉三脚架,尽管他的排名一跌再跌,但依然是拍摄 Sissi 和我的合影时最值得信赖的人。

　　午餐我们选择在广场附近的中餐馆"香满楼"——阿公阿婆还是更习惯吃中餐。一个亚裔女孩招呼了我们。她的普通话说得结结巴巴,笑容却很热情而亲切,看起来像是广东人或者在本地的华人二代。我们问她是从哪里来的。原来她不是华人,而是越南人,8个月前刚从越南过来,汉语完全是在这家餐馆学的。更令人惊喜的是,这家中餐馆不收小费(这出乎我们的意料);相反,越南姐姐还送了一个棒棒糖给"东

看西看"的尨尨。

　　我们继续"11路车"之旅，前往老城广场。新城区不像老城，后者有着五湖四海的旅游气息，它展示着布拉格的过去和游客镜头内希望看到的景致；前者则是布拉格人现在的生活环境，是布拉格历史在当下的延伸。如果想真正了解一个国家和她的人民，这样的新城区其实才是最佳窗口。一个游客比本地居民还多、本地居民也多从事旅游行业的地方，它剩下的只是一个披着历史外衣的"僵尸"。真正的历史一定是鲜活和流动的，它只能从现在去窥视。

　　走到第一天去过的"老城广场"时，却怎么也看不到地图上显示的本该出现在广场周围的教堂和天文钟楼。向一个摊贩询问，才知道还要顺着一条街走10分钟。这说的怎么和地图不一样呢？走着走着，当一个小商品集市出现在面前时，Sissi突然意识到第一天看到的并不是真正的"老城广场"。由于此时已经错过了一个整点，如果要看天文钟楼的表演，就需要等到下一个整点。于是，Sissi带着其他人留下挑选纪念品，我则继续探路，务必找到真正的老城广场。

　　沿着小巷往前走，两边尽是精美的礼品商店，我真想钻进去瞧一瞧，算了，还是一会儿带着Sissi他们来看吧。步行大约五六分钟到达小巷尽头——又是一个广场，一幢古老的建筑屹立眼前，墙上挂着一架奇怪的钟，五彩斑斓，不用说，那一定是天文钟，那里就是老市政厅！

　　广场周围还有哥特式的泰恩教堂，以及巴洛克风格的圣尼古拉教堂。嗯，这才像一个著名广场的样子。不过，广场上没有小吃摊，一个也没有，这可不是Sissi的Favorite Style了，也难怪

★木偶是布拉格的特色纪念品

第一天 Sissi 会认错地方。广场的一侧正在搭建舞台,设施很专业。布拉格每年有不少高水平的音乐节,不知道今天晚上是不是其中的一场。

探完路,我从另外一条小巷走回礼品集市与 Sissi 他们会合,同时一起挑选一些礼物和纪念品。为了靠拢和拥抱一下风雅,我建议买幅画(不是印刷品)回去。 为纪念在布拉格"惨淡"的两天,Sissi 挑选了一张愁云下的查理大桥。卖画的商贩同时也是画家本人,及肩的长发看起来有几分艺术家的模样,收钱也不挑货币,捷克克朗和欧元都行,甚至欧元还更划算,汇率比换汇点高。

我们又在集市上购买了几个捷克的特产——木偶。不过,Sissi 总觉得制作还不够精致,但胜在价格实惠。我带着大家沿第一条小巷往老城广场走,顺便钻进礼品店瞧一瞧。多家店里都有更加精美的木偶,但是价格也翻了几番。

我们到达老城广场时已接近整点,钟楼下面站满了游客。正当游客忙着与钟楼合影时,后面传来音

**TIPS:** 在布拉格不少地方买东西,商家都收欧元,甚至直接有欧元和克朗的双报价。

乐与合唱声,一队也不知道是什么团体还是游客的人,吹拉弹唱着走到钟楼下,围成一个圈子边唱边跳起来。广场上的年轻游客立刻被吸引过去,加入"集体舞"。他们跳得很 high,甚至钟楼敲钟都没有让他们停止。

说到这座有名的天文钟,我一直没有看明白它如何显示日期和时间,这不是说我的 IQ 低,而是说天文钟……嗯,那个华丽的钟,真的是天文钟,不是普通的只能指示 24 小时的钟,所以普通人很难看明白("维基百科"上有运行说明)。

当天文钟敲响时,钟两旁的四个使徒雕像便开始动作,钟上方的窗户里则走出耶稣的 12 门徒。天文钟响毕,钟楼顶上出现一位身穿中世纪服装的号手对着人群吹响喇叭,然后底下围观群众冲着号手一起欢呼。钟楼上除了号手还有其他游客,他们居然也假模假样挥着手,拦截群众的欢呼。

穿过老城广场继续向北走,路边一小巷中忽然闪现一个迷你集市。说迷你,是因为只有不超过 10 家售卖纪念品的摊位和商铺,不过纪念品还是比较精致,其中还有不少迷你劳动工具——真是勤劳的人民。阿婆指着纪念品中的大卫星问我那是什么,布拉格商贩也真有意思,以色列的东西居然拿到这里卖,真是全球化啊……哦,不对,这里是犹太区,我们已经走到了犹太区,前面几步就是犹太人墓地。

迷你集市旁边一家规模颇大的波西米亚水晶制品商店。波西米亚是全球水晶工艺的发源地。300 年前,波西米亚地区就已成为人工切割水晶的主要生产中心,而今,水晶制品店更是几乎遍布布拉格。各种通过描金、彩绘等不同工艺制成的水晶花瓶、酒具,果盘在陈列架上晶莹剔透,绚烂夺目,让人眼花缭乱。Sissi 来捷克前,就制定好了要购买的当地特色的纪念品清单,其中就有波西米亚水晶。因为在布拉格的时日不多,布拉格也暮色渐浓,Sissi 决定暂时放弃货比三家的传统,就在

此处采购计划中的水晶纪念品。所幸回去路途上对比各家礼品店的价格，Sissi 买的是最便宜的。

黑光剧是捷克久负盛名的戏剧类型之一，这次来布拉格自然不能错过。布拉格老城区有不少黑光剧团，我们事前都没做功课，就在老城广场附近的一家剧院买了票。阿公本来很有兴趣与我们一同前往，无奈白天走了太多的路，已十分疲惫，只好放弃。

Sissi 和我去的这家剧场规模不大，只能坐数十人，也因此保证了很好的观看效果。一个坐轮椅的残疾人被推到我们旁边，挡住了过道。他的同伴开玩笑对我们说："如果你们想出去，直接把他（残疾人）和他的轮椅推到一边就可以。"嘿嘿，他这么说，一定已经看出我们不是那种野蛮人。

黑光剧奇妙之处在于通过准确的灯光和演员服上的反光材料营造出视觉魔术，观众看到人或物飞起，但看不到人和物背后的"黑手"。同时全剧过程中演员不发一言，完全用道具和肢体语言表现剧情。我们看的这部戏简单说就是：黄粱一梦 + 女人是老虎 + 苦海无边回头是岸。演员的肢体表现技巧挺不错，明显是有表演功底的 ——对比曾经带着龙龙去看过的一些所谓儿童话剧，还是黑光剧更值回票价。

步出剧场，看见剧院对面坐着情欲百战穿金甲的"唐璜"的雕像，全身用衣物包裹，中间黑洞洞，空空如也，换句话说，"唐璜"的身形全部是用衣物勾勒出来，配合刚才演出的氛围，好像要告诉世人"色不异空，空不异色"。

夜色中的布拉格已褪去白天的喧嚣。没有了拥挤的游人，钟楼、城堡、小巷站立在澄黄的灯光下，呼吸平静，面目清晰。沉寂中的城市，越发灵动起来。

DAY 4

# 迟来的金色之城

    天空云层重重,查理大桥还熟睡在晨曦中,不知道它是否梦见曾经的神圣罗马帝国时代的辉煌,还有外敌入侵的铁马金戈? 再一次走上查理桥,欣赏圣徒雕像——在这凝视中,我们能够感觉到数百年前的气息慢慢流淌下来,浸入我们的身体。和着流水声的节奏,踏着桥上碎石走向布拉格老城。微弱的晨光将我们的影子投在身后,前方的城市还未全然醒来,思绪在彼时的宁静中穿越时空。

因为前两天天气带来的遗憾，Sissi 和我今天一早起床，重走查理大桥。天空云层重重，查理大桥还熟睡在晨曦中，不知道它是否梦见曾经的神圣罗马帝国时代的辉煌，还有外敌入侵的铁马金戈？再一次走上查理桥，欣赏圣徒雕像——在这凝视中，我们能够感觉到数百年前的气息慢慢流淌下来，浸入我们的身体。和着流水声的节奏，踏着桥上碎石走向布拉格老城。微弱的晨光将我们的影子投在身后，前方的城市还未全然醒来，思绪在彼时的宁静中穿越时空。

漫天白云在太阳和微风的推动中，一点点往前挪，天边露出越来越多的蓝天，有放晴的希望！我们的心情随着蓝天的增加而欢快起来，为了不耽误后面的行程，我们赶回酒店与阿公阿婆以及尨尨会合，退房并将行李寄存在酒店的储存室，然后一行人重新去看天文钟。

　　阿公阿婆在收拾房间的时候，在柜子里发现很多被尨尨私藏的东西，其中就包括我苦苦寻找而不得的硬币。尨尨现在的习惯就是，每到一个新地方，一定要把那里的柜子全部翻遍，然后琢磨怎么"利用"起来。难道这就是传说中的"儿童空间敏感期"？

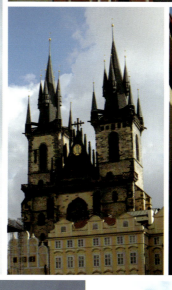

★布拉格又名"千塔之城"，不论是不知名的小巷，还是知名的旧市政厅、教堂，"塔"都是它们不可或缺的一部分

　　早上的老城广场上多了几辆观光马车,也多了些不同的"气息"。天上,太阳和白云还在争夺蓝天,不过看起来太阳已经占据了上风。

　　老城广场中心竖立着胡斯雕像,昨日被忽略了,可能是他身上掉漆太严重的缘故。胡斯是十四五世纪布拉格一位有影响的宗教改革家,因其信仰而被康斯坦茨宗教议会处以火刑。后被捷克人民视为反抗集权统治的标志。

★ 胡斯雕像的掉漆是不是可以反映出这类英雄正在淡出人们的视野？因为时代不同了

**TIPS:** Information Center 有中文介绍,可详细了解、比较几种票的区别。

穿过广场,我们乘坐有轨电车再次到达城堡区。在 Information Center 购买了"布拉格城堡重点游览路线"票,可以游览老王宫、圣乔治大教堂、黄金巷和达里波卡守望楼、圣维特大教堂、罗森贝克宫。

我们首先进入 Information Center 对面的圣维特教堂。哥特式的圣维特主教座堂是罗马天主教布拉格总教区的主教座堂,也是捷克最大、最重要的一座教堂。它是

**TIPS:** 我们还花 50 克朗买了拍照许可,否则在景点内不允许拍照。景点内工作人员会检查是否持有拍照许可。

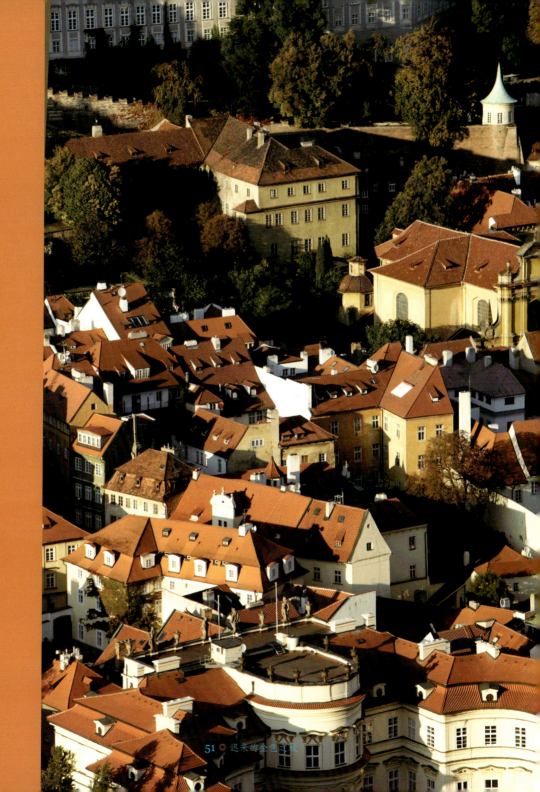

哥特式建筑的精彩范例，内有许多波西米亚国王的坟墓。教堂从1344年查理四世下令开始建造，直到20世纪初才完工，耗时将近600年。不知道上帝对这些子民的虔诚是否满意。

教堂大殿靠近大门的部分空间可以免费参观。教堂大殿的锯齿形拱顶高大宏伟，窗户均为彩色玻璃，上面画着许多宗教故事。龙龙的求知欲或者说听故事的欲望被极大地激发出来，"他们是谁"，"他们在做什么"，"他们为什么要这么做"，"上帝为什么要抱着耶稣"，"耶稣为什么还在十字架上面"……

我那可怜而又浅薄的知识库再次受到了挑战，只能以"上帝"、"耶稣"、"圣母"、"天使"、"圣徒"几个名词造句搪塞龙龙。

你说这写故事的也是，耶稣在十字架上受完难了，就该把十字架取走，怎么耶稣回到上帝那里，还背着个十字架？而且怎么没有复活呢（原来给龙龙讲过耶稣受难和复活的故事）？这么不合逻辑的故事，虽

然 IQ 只有他帅爸的一半，尨尨也只用几个简单的问题就把他老子折腾个半死，编个关公战秦琼的难度也不过如此吧。之前我只看了一本对欧洲历史和文化泛泛介绍的书，本想旅游的时候可以卖弄一下，结果被尨尨关于圣经故事和欧洲神话传说的问题打得溃不成军。

　　从圣维特教堂出来，走进老王宫。从占地和整体建筑群看，老王宫只是北京故宫的一个零头。但是具体到各个房间，面积可都不小，尤其是举办宴会的大厅。从骨架上依稀还能看到几百年前作为神圣罗马帝国首都的辉煌历史，不过从内饰上已经看不到类似于其他现存欧亚王（皇）宫的豪华与气派。看来布拉格老王宫已经"不当欧洲老大好多年"——在 17 世纪"三十年战争"结束后，哈布斯堡王朝就将宫廷迁往维也纳，随后，布拉格又被外来者占领，布拉格的欧洲中心地位就此衰落。

　　"每个房间看到的风景都不错。"Sissi 小声告诉我她的发现。Sissi 到底是来参观古迹还是买房子？于是我也伸头看了看，"风景确实不错，不愧是山顶豪宅"。

不过这种风景不仅布拉格的老土有，欧洲城堡基本都有。欧洲贵族出于军事防御的需要，喜欢把城堡建在山顶，自己带着骑士住在里面，村落市镇则在山脚下，不像中国王公贵族的宫殿官邸一般建在城市里——当然中世纪的欧洲城市规模都很小，也容不下。我有些不明白，城堡建在山顶上，攻方固然进攻不易，但是如果围而不攻，同时断其水源，城堡守军如何逃脱马谡在街亭的命运呢？

我们在城堡区一直待到下午才离开。这时蓝天又多了些，不过天空大半依然是推云童子的乐园。布拉格的太阳叔叔，你应该多吃点蓝色小药丸啦！

按计划我们下山乘坐有轨电车赶往仿照埃菲尔铁塔修建的贝特琳（Petrin）铁塔，那里是观看布拉格全景的好地方。

下车后，我们一时找不到乘坐缆车的地方。按照手中地图所示，应该往前走，且方向怎么看都不对，路边的公共地图也显示应该往回走。我追上前面一个遛狗的女士，龙龙也凑热闹地跟了上来。

"你好！请问哪里可以坐缆车（Cable Car）上山？"女士手指我们身后，回了一句捷克语。

谢过女士，我拉着尨尨往回走。"爸爸，你听懂阿姨说什么了吗？"尨尨怎么可以问这种问题！对他来说捷克语和英语是一样的，他认为我应该都听懂了。

"爸爸没有听懂。"我还是很诚实的。

"那你怎么知道往哪里走？"尨尨满腹疑惑。

"虽然爸爸没有听懂阿姨说什么，但是爸爸知道阿姨说了什么。"听到这个回答，尨尨一定以为他的帅爸是神仙吧，当然尨尨见过我成"佛"的照片，嘿嘿。

缆车站就在我们下车的地方往回走几十米处。

缆车和地铁、有轨电车、公交车一样都属于公共交通体系，因此车票一样分时间段。我们之前买的25分钟票已经过了时间，在缆车站内只有75分钟或更久时间的票卖，不知道是因为这里的票本来就贵一些，还是因为公交公司认为上山下山25分钟根本不够，因此就没有安排这一档。

买好票，我们排在第一个位置。车站和山上一共有两辆缆车相对运行，所以发车间隔不长。进站打票，我们第一个进站，自然第一个打票，也坐到了第一节车厢。代价是，大家在车里坐了近5分钟才开车，这意味着这5分钟都被浪费了，心疼啊。

缆车中途有两个站，终点站才是山顶。从山下到山顶都是公园，登山台阶在丛林中蜿蜒隐现。如果有时间从山下走上去应该更舒服。山顶是一个漂亮的公园，若不是赶时间，还是值得在这里多转一转。

我们在贝特琳铁塔内又遇到了一个难题——身上的克朗现金不够买门票和电梯票。我和Sissi每天都在计算现

金的需求量,在城堡区的时候就已经知道现金不够购买铁塔的门票。不过我心存侥幸,城堡区的售票处(Ticket Office)都接受欧元付款(虽然汇率不是太好,只有1:23),铁塔区应该也会同理吧。

但是,铁塔售票处的阿姨摇摇头,"我们不接受欧元,也不刷信用卡。"

惨了,怎么办?"附近哪里有兑换点?"

"后面的xxxx可以兑换。"我没有听明白xxxx是哪,只知道她说的是售票处后面。我围着铁塔走了一大圈都没有看到外汇兑换点,只好硬着头皮又回售票处问,原来她说的是背后的饮料店。

饮料店兑换外汇?听起来像是深圳的士多店。一问汇率,1:20,啊?我两眼一黑,差点跌倒当场。我的拉格呀,原来我冤枉了机场兑换点。相对而言,深圳的士多店简直就是慈善家。不过也怨不得别人,我一时大意才有此一劫。再次忍痛,换了100欧元,这次真是痛到肉里。

余下的时间一直到上火车，我一直在一遍遍地计算损失了多少钱。

铁塔的电梯很小，我们五个人再加上一个电梯阿姨，挤得前胸贴后背。也许上帝怜悯取我们遭遇此劫，上到塔顶时，太阳叔叔终于雄起，赶走了所有的白云。阳光倾泻而下，将之前的忧郁和颓败一扫而光。布拉格被浸染成"金色之城"，红色屋顶在阳光下夺目耀眼，闪烁着童话的色彩。

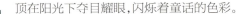

塔内空间狭小，尨尨个矮看不见什么风景，所以一定要拉着我先离开。下塔时，尨尨坚持走楼梯，我只好陪他先下去。尨尨不仅坚持走下楼梯，还坚持要走指定的楼梯。

"为什么不走这个楼梯？"我有些不爽，为什么总要听你的。

"因为……因为这个不是。那个才是下去的。"我定睛一看，哦，原来上塔和下塔是不同的楼梯。

"我看到别人从那个楼梯下去的。"尨尨再次强调。

居然被这个臭小子说中了，我不得不听从尨尨的指挥。

这么高的塔，虽然楼梯在铁塔内部，但塔是镂空的，从钢架缝隙向下望，看一眼，我的腿就软一分，看了三眼，我几乎想坐在楼梯上不走了。

"尨尨，你怕不怕？"我试探地问。

"不怕！"尨尨不假思索地回答。这个臭小子，一点儿不给他爸留余地。

下到一楼大厅，尨尨拉着我兑现诺言，给他买饮料。还是那家让我肉痛眼黑的小店，尨尨挑了一瓶饮料。

"How much（多少钱）？"我问。

"Thirty five."店员回答。

"Sorry（什么）？"我还沉浸在兑换损失的肉痛中，只听着单词很熟悉，但就是没有听明白多少钱。

"他说'三十五'！"龙龙在一旁大声提醒。哦，原来是 35 克朗。龙龙怎么听懂的，我有些惊讶。难道我身上最后一点"佛性"跑到龙龙身上去了？

下山乘坐缆车的时候我们又买了四张 75 分钟的车票——因为超时了。在山下缆车站出口，有工作人员检查每张车票。"所以这个 75 分钟应该是从第一次打

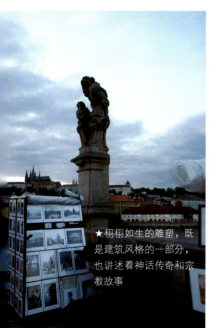

★栩栩如生的雕塑，既是建筑风格的一部分，也讲述着神话传奇和宗教故事

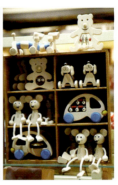

印到下车出站的时间,而不是到上车的时间。"Sissi 总结道。

太阳开始下山,布拉格的金色已经褪去,Sissi 也不急着拍照,所以大家步行往回走,健身兼看风景。在这种城市里,步行是最好的旅游方式。阿公阿婆同时介绍前天他们在这里寻找洗手间的过程,还指了指洗手间指示牌消失的地方。

"希望明天布拉格是阴天!"Sissi 恨恨地说,"我们国庆节前就赶出来,结果到了我们要离开了就变成了晴天,太不公平了。"

"如果明天布拉格是阴天,维也纳可能也是阴天,它们挨得很近。"我提醒 Sissi 不要损人害己。

穿过暮色中的查理大桥,回到老城区。

在一家木偶店内,伴随着摇滚乐,一个店员帅哥操纵着木偶跳起街舞,TNND,一个小木偶跳得比绝大部分真人还好。那款木偶和 Sissi 买的不一样,关节更灵活,提线更多,操控更复杂,价格也贵不少。那个小木偶跳得实在太好了,看得 Sissi 想再买一个,但是小商品集市的价格就是一把尺子,时刻提醒着 Sissi 巨大的价格差异。我们在店内转了一圈只得放弃,但是那个跳舞的小木偶依然吸引着大家,五个人厚着脸皮继续站在店门前观看和拍照。帅哥店员一看这几个人居然光看不买吃白食,把 CD 机一关,不跳了。

天黑了,大家也走累了,遂到广场附近一家中餐馆吃晚饭,顺便打发上火车前的时间。

餐馆由一家华人经营。老板娘在和人聊天,听起来她儿子学习很优异,她为此很是骄傲。她女儿在店内当服务员,龙龙很快就和两个服务员姐姐打得火热,又骗了些小玩意吃。买单时因为克朗现金不够,以1:23的汇率用欧元支付了余下的钱。

临走时,Sissi向服务员小姑娘打听去火车站的走法。小姑娘建议Sissi乘坐9路有轨电车,因为地铁里很多黑人,感觉不安全。而且她建议不要买25分钟票,说那是给学生的优惠票,要买75分钟票。我们很奇怪,因为售票指引上没有说25分钟票只适合学生啊,而且25分钟票有两个价格,对于学生有专门的折扣价,这也证明全价的25分钟票应该适用所有人。店员也无法解释原因,只是告诉我们,25分钟票好像只能坐两个站,不能换车,不少华人就是因为持有25分钟票被罚了款,而且检票员坚持说不能使用25分钟票,所以她认识的华人乘车也不再购买25分钟票了。

我们回酒店取出行李,按照小姑娘的指引,去国家大剧院附近乘坐9路有轨电车。按照她所说的,车站背后就是地铁站,可以购票。

又一次品尝在"小石城"拖箱子的痛苦,好容易走到车站,但前后左右都没有看到地铁站。我往四处寻找,大路两旁尽是黑黢黢的小巷,我也不敢走得太深。在停车场询问两个聊天的人后,才找对方向——按照电车运行方向一直走到下一站,方看到地铁站。我再次仔细阅读售票机上的购票提示,依然没有看出25分钟票的限制,但为安全起见,还是购买了75分钟票。

乘坐有轨电车到火车站下,电车站周围依旧是黑黢黢的,没有几个人,毫无常规印象中热闹的感觉。哪个方向才是火车站呢?

前方十多米处有两个人正在聊天,"请问去火车站怎么走?"Sissi走过去朝离

自己最近的人问道。

那个人还未及回答,旁边一个帅哥抢先答腔:"往这边走。"他指着身后的公园。

"对,对,从这条路走过去就是,"被 Sissi 问到的帅哥赶紧抢过话题:"我们可以带你去火车站。"

他们可真殷勤啊。"不用了,谢谢!"得意洋洋的 Sissi 回头,冲身后一招手:"这边走。"

阿公阿婆等四人立刻拖起箱子拔寨启程。两位捷克帅哥看到 Sissi 身后突然冒出一支老帅小哥组成的队伍,立时目瞪口呆。

火车站和地铁站同处一栋建筑物内。

在车厢门口,一个列车员收走我们打印的电子车票,然后带着我们到包厢,又简单介绍了包厢内的设施以及洗手间的位置。包厢分男女,空间比较狭窄,有上中下三个铺位,有一个放箱子的空格以及洗手盆。不过洗手盆不知道为什么放不出水。

"明天到站前 30 分钟,我会喊你们起床。"列车员交代完一下就离开了。过了一会儿,又上来一对情侣。两个包厢的分配情况是:小伙子、阿公和我一个包厢,女孩和 Sissi、阿婆以及龙龙一个包厢。小伙子自我介绍是来自美国新泽西,在奥地利念书。他们去过上海,还乘坐过上海到北京的火车。"那个列车的包厢( Hawky 注:不知道是不是软卧)比这个大,很漂亮。"这挺符合中国重点工程的特征。

网上攻略说布拉格去维也纳的夜火车不太安全,时有盗窃案发生。出国前我特意买了两把密码链条锁,但是放箱子的地方没有可以拴链条锁的地方,只得放弃,而寄希望于门锁。不过相机背包一定不能大意,因为所有大额现金和护照都在这个背包中。

我将背包放在枕头边,床本来就不宽,背包占去至少三分之一,上铺常见的栏杆似乎只是个装饰,于是我半条腿就悬在了床外,无遮无拦。整个晚上,我都在练习古墓派武功——小龙女和杨过可是能睡在绳子上的。悲剧的是,第二天我发觉床外侧的栏杆原来可以升起来。

DAY 5

# 维也纳的 "特别问候"

　　一位女警官出来接受 Sissi 的报案，或者说哭诉。警官虽然同情，但表示他们也只能记录报案，然后等待别人捡到钱包交到警察局。"有一个失物招领网站，你可以在上面查询。"她还提醒 Sissi："火车站和商场里有很多小偷。"

　　"有什么方法可以找回钱包吗？小偷会不会把钱包丢在哪里？" Sissi 有些不甘心。

**我**一次次试图进入一层甚至二层梦境，但不断地被火车的晃动给 kick 出来，又要稳住身形不被 kick 到床下去，然后听到阿公的鼾声，清晰嘹亮且周而复始。隔壁车厢的 Sissi 和阿婆也没有睡好，只有和阿婆睡一个铺的龙龙睡得挺沉，这也是阿婆没睡好的原因。

五点半，由远至近，一扇扇车厢门响起轻轻的敲门声，那是列车员逐个车厢通知起床。只是这么温柔的敲门，能叫醒深入梦境的人吗？过了一会儿，第二轮，列车员开始猛烈地敲门，我赶紧起身开门。

"我昨天答应过，到站前 30 分钟叫醒你们。这是你们的车票。"列车员把车票递给我和上铺的新泽西小伙子。

大家穿衣戴帽，收拾行李，上洗手间。洗手间内没有看到常见的冲马桶的拉杆或按钮，我找了半天，看到马桶对面有个没有任何说明的红色小按钮,壮着胆子按了一下(常理来说红色按钮是用于紧急用途,类似的,有人在美国某加油站门口按了一貌似门铃的按钮,结果所有电源立即切断),Yes,马桶冲水了。回到包厢,Sissi 告诉我,包厢内的洗脸盆要按一下那个小红按钮才会出水。哦,原来如此。

火车到达维也纳 Meidling 车站,大家在列车员的催促声中匆忙下车。踏上维也纳(Vienna,Wien)的站台,大家松了一口气,安全警戒解除。

本来,我们应该继续乘坐火车到终点站火车西站(Westbahnhof)下,从那里直接转一次地铁就可以抵达酒店,而从现在下车的 Meidling 站则要转两次地铁。但是我在网上购买火车票的时候,错误地把终点站选成了 Meidling 车站——它是下拉选项中的第一个,我根本没有想到维也纳有那么多火车站。

Meidling 车站紧连着地铁(U-Bahn)。Sissi 试图在地铁大厅的自动售票机上购买"克利马票"(或者叫八天票,1 个人可以用 8 天,也可以 8 个人用 1 天,或 4 个人用 2 天),但是售票机不接受 100 元面额的纸币。我只好拿着 100 元的纸币到旁边的面包店买两个面包换零钱,大家顺便吃个早餐。

吃完面包,我的肚子开始一阵阵疼痛,唉,在奥地利的第二笔花费居然是 0.5 欧元如厕一次。六谷轮回从入到出,每一个环节都是钱。阿婆迅速换算成人民币,惊讶地张大了嘴巴,马上打消了去一趟的念头。

可能是上班时间的缘故,地铁里人很多。我们拖着两个大箱子和一只小猴子,左躲右闪,尽量不妨碍维也纳人民上班纳税。

乘坐 U6 地铁到火车西站(Westbahnhof),转 U3,只要再坐两站就能到达 Neubaug,也就是酒店所在地。大家挤上车厢,站在车门口。一个白瘸子不满地瞥了我们几眼,紧挨着 Sissi 站定,Sissi 又内疚了几秒钟。大家都是一脸疲惫,默数着车站。

在 Zieglergasse 站,白瘸子用力挤了几下 Sissi,然后冲下火车。他一个瘸子为什么走得这么急? Sissi 有些奇怪,不会……Sissi 迷迷糊糊中摸了一下小挎包……瘪的! Sissi 的肾上腺激素顿时喷涌而出,冲走所有的睡意,惊叫起来,"哥哥,我们钱包放哪儿的?"

"放你包里的啊。"我有些奇怪,怎么想起来问钱包。Sissi 手忙脚乱地打开小挂包,里面是空的。"钱包被偷了!"Sissi 瞪大着双眼,一脸惊恐。那个瘸子,就是他偷了钱包!

大家再朝启动的列车外看去,瘸子早跑得影都没了。谁再歧视残疾人,说他们身手不灵活,我一定跟他急。

Sissi 一时手足无措,快急哭了。虽然绝大部分现金藏在我背后的摄影包深处,但是我们所有的信用卡都放在那个钱包内。所有酒店以及天鹅堡门票都是用信用卡预定的,按照预定说明,必须要凭预定时的信用卡才能 Check-in。而且,由于我们预算的失误,随身现金可能不足以支撑全程。

我们在 Neubaug 下车,Sissi 想坐回头车去追小偷,至少看看有没有被小偷丢弃的钱包。我则建议 Sissi 带着其他人守在这里,我一个人回去追。Sissi 不同意说:"大家要走一起走,如果再走散了怎么办。"

这时看见远处有工作人员走过来说:"还是先去报警吧,这里到处都有摄像头,他们应该比较容易找到小偷。"

工作人员听完我们的叙述,有些无奈:"这个我管不了。"

"那怎么报警呢?"

"跟我来。"工作人员带着我们走出地铁站,走上地面。顺着工作人员手指的方向,我们沿 Mariahilfer 街走到第一个路口左拐,又走了几十米,警察局就在街对面——这将是我们在奥地利参观的第一栋建筑物。

一位女警官出来接受 Sissi 的报案,或者说哭诉。警官虽然同情,但表示他们也只能记录报案,然后等待别人捡到钱包交到警察局。"有一个失物招领网站,你可以在上面查询。"她还提醒 Sissi:"火车站和商场里有很多小偷。"

"有什么方法可以找回钱包吗?小偷会不会把钱包丢在哪里?"Sissi 有些不甘心。

"这个不好说。也许是草丛或者厕所等隐蔽的地方。如果被人捡到会交到失物招领处,大概一周后你去看看有没有你的钱夹信息。或许可以找回信用卡,现金就不用想了。"

"一周?我们都回国了。"Sissi 心想,于是决定到地铁周围的垃圾箱碰碰运气,哪怕只有千分之一的可能。Sissi 让我留在警察局完成报案笔录,准备自己去找钱包。但被女警官

制止:"不,不。我需要你留在这里完成笔录。你先生可以回去找。"是啊,奥地利警官可不知道我是个马大哈,认为找钱包这种没有技术含量的活,外表俊朗精干的Hawky完全能够胜任。Sissi很无奈,只得反复叮嘱我以及随行的阿婆。

Sissi大脑迅速转动着,如果万一Hawky他们没有找回钱包,怎么办?哪里可以借点钱?对面的警姐就不用想了,奥地利警察应该不知道及时雨宋江的故事。当年混摄影论坛的时候,一个网友好像就在奥地利,虽然素未谋面,实在不行,就在脸上多贴几层皮去找他,就以见网友的名义。

过了大约10分钟,Sissi的手机响起,是Hawky的短信:"钱包和信用卡已在我手中。"

Sissi立刻满面阳光,顾不得什么国际漫游不漫游,回拨过来,又问了些信息,确认信用卡安然无恙。

"你是我遇到的最幸运的人了!"警姐一面恭喜Sissi,一面把这个喜讯告诉周围的同事。"不过,由于你目前只丢了现金,我们得另外做一份笔录。"身为"幸运的"游客,Sissi当然乐于配合。警姐做完笔录,把报案单交给Sissi,对奥地利警察工作的"考察"就结束了。

我和阿婆奉命带上车票,乘坐U3回到Zieglergasse站,也就是事发时的站台。我和阿婆挨个检查站台上的垃圾桶,翻动里面的报纸。维也纳地铁的垃圾桶好像不怎么干净,黑乎乎脏兮兮。在小偷下车处的柱子背后的垃圾桶内,一团报纸

中裹着个黑乎乎的东西，我心里一动。"应该是它。"我打开报纸——就是我们的钱包。虽然报纸只是为了掩饰丢钱包的动作，不过小偷的这几层报纸总是扫除了我关于卫生的担忧。翻看钱包，不光纸币一张不剩，硬币也一个不留，但是信用卡、提款卡全在，POS 小票也在。虽然小偷的盗窃手法很不"艺术"，不过只取现金不多拿片纸片卡还算职业。

我准备打电话给 Sissi，让她安心，一转念，直拨电话太贵，而且在布拉格约定过不接电话，还是发短信吧，能省一点是一点。

短信发出。不到一分钟，Sissi 打了过来，这种情况一定要接。

"信用卡都在吗？"我能听到 Sissi 声音中的喜悦。

"都在。"

"钱包里放了多少钱？"

"大概 300 欧元。"

随后，我和阿婆回到警察局，此时 Sissi 已经坐在了办公室外面的楼梯上，浑身轻松。

"我刚刚上过洗手间。"Sissi 指了指背后。

"这里的洗手间收不收钱？"阿婆问。

"不收，这是警察局内部用的。"阿婆就像听到冲锋号，几步踏上台阶，杀入洗手间，然后其余人等依次使用，进一个人，可就挽回 0.5 欧的损失啊。

我们预定的酒店离警察局不远，步行可达。

"你看，因为妒忌，你要布拉格今天阴天。上帝肯定很不爽，你一会儿要晴天，一会儿又要阴天，要我啊。所以上帝就惩罚你一下。"我揶揄 Sissi。

我们花了六七分钟走到预订的 Pension Continental 酒店。酒店不是独立大厦，看起来像是占用了大厦的一个单元。大厦一楼大门紧锁，不过很快就有住客进

**TIPS:** 由于购买的旅游保险中包括个人钱财( loss of Money )险,回国后,凭报警记录,购汇凭证已成功索赔被盗的 300 欧。

出，把我们带了进去。按照酒店确认单所说，酒店前台在一楼，然而一楼除了电梯、楼梯就是一道紧锁的卷帘门，难道他们还没有上班？可是现在快早上八点了。带我们进来的住客告诉我们，前台在"楼上一楼"。哦，忘了欧洲的首层叫"Ground Floor"，不叫"First Floor（一楼）"。

电梯因为建在旋转楼梯中间的缘故，空间很小，于是 Sissi 带着龙龙、阿婆和一件行李先上楼。电梯内的按钮显示"一楼"在第三层。

Sissi 订的是两卧室的套间。前台接待告诉 Sissi，房间还没有清理出来，所以无法Check-in；如果现在想出去逛街，可以将行李物品放在过道上。

Sissi 摸着小挎包心说，"我刚刚被上帝教育过，身为深圳人在外国被偷，已经给深圳人民丢脸了，如果还不悔改，答应你这么危险的建议，那我还有脸见南山父老吗？"

正好，套间中的一间房间已经收拾完毕，服务员带着 Sissi 先去那间房间入住，告诉我们等到下午我们回来时，另外一间房间就会清理好。整个套间和另外几个套间共享一个上锁的大门和客厅，不过套间单独还有一道上锁的门，套间内包括两间卧室（真正

的卧室），一个洗手间和一个储物间，两间卧室也有自己的锁。听起来好复杂，呵呵。

在酒店稍事休整之后去老城闲逛。坐地铁 U3 线到 Volkstheater 下，本打算去老城区转一下，但才走了几步路，尨尨就拒绝继续步行，这个一岁多就自己爬长城的小好汉，现在成了小懒蛋了。不过也可能因为他对城市没有什么兴趣，自然也就提不起精神，这就是带小朋友出来旅游的"风险"。好在我们还有备选方案，去位于 Weihburggasse 22 号的地下餐厅 Ribs of Vienna 吃午餐，顺便休息一下。这家餐厅好像比较出名，在别人的攻略上看到，在我从维也纳旅游网站上下载的旅游手册上也看到了它的名字。从地图上看，Weihburggasse 街离 Stephansplatz 地铁站不远。没想到一直走到快到 Seilerstätte 街才看见餐厅，事后诸葛亮君说了：坐地铁应该在 Stubentor 站下。

餐厅确实位于地下，看起来像是防空洞，而且是两层。洞穴内坐了很多桌韩国人，看样子应该是一个大型旅游团，基本没有本地人。从这点来说，我们略有些失望，一个地方最好或者说最有地方特色的餐馆，一定是本地人云集的地方。Sissi 迅速扫了一眼，几乎每个韩国人面前都有一份排骨，但一份只有两根，加起来没有传说中一米那么长啊。姑且放下传说，Sissi 和我还是点了三份维也纳排骨和两份汤，三份排骨烹饪方法和味道都不一样，有一种是辣的，照顾家庭的四川成分。

等到排骨端上来，Sissi 方知错怪了餐厅，因为每一盘里有三根，加起来应该有一米。至于韩国人吃的排骨，可能是团餐标准。Sissi 和我挺喜欢排骨的味道，不过阿公阿婆就觉得味道有些淡。

午餐后，按照对尨尨的承诺，我们去位于 Seilerstätte 街的 House of Music（音乐之家，又有人译成"音响博物馆"），陪尨尨玩耍。这一站是专门为尨尨准备的。两张成人票（11 欧）加两张长者票（60 岁以上，9 欧），都只为一个半价的小朋友，真有些亏。

音响博物馆内以多媒体的方式展示从大自然到人类社会甚至宇宙的各类声音,还有维也纳著名音乐家和乐团的历史、真迹和个人用品。不过,在维也纳古典乐派三杰——海顿、莫扎特和贝多芬的盛名之下,其他杰出音乐家很难引起我们太大的兴趣。

音乐之都的维也纳设立一个音响博物馆确实有些让人费解,声音和音乐毕竟还不太一样。不过,所谓音乐就是解构和组合声音的方式。学习音乐或者说修炼音乐到了一定级别,就会努力尝试对不同声音的不同处理方式,试图驾驭各种类型的声音。例如,在我们看来"走火入魔"的一些试验音乐,谭盾的水音乐也是一种类似的尝试。

阿公阿婆对大部分展示没有什么兴趣,就坐在一个多媒体厅,观看维也纳新年音乐会现场的录像——真贵啊!龙龙完全不在乎什么"解构"、"组合",甚至对声音游戏、丢骰子的作曲游戏也没有什么兴趣,他一路跑到"小小指挥家"才止步。这个游戏我们在出国前就向他介绍过,他身上的小西服也是因为这个游戏才穿在身上,所以他对这个互动游戏一直挂在心上。龙龙对于"指挥"好像情有独钟,在南京就曾经对着几个介绍指示牌"指挥"了半个小时。

龙龙按照我们所教的方式,一板　眼地挥舞着指挥棒,但很快就被(游戏里的)乐队赶下了台。我们有些不服气,当年我们在学校里都是这样指挥的呀,怎么这帮欧洲人就不认呢。Sissi 和我一一上台挑战,乐曲还未过半,就有(游戏中的)乐团成员站起来说:"你这也叫指挥?我都比你强。"然后所有乐团成员一起鼓噪,我们两个黯然下台。

这时来了一群当地的小学生。那帮学生大呼小叫着冲上指挥台,抓起指挥棒胡乱舞动,咦,居然一气到底,还获得乐团成员的一致好评。于是,龙龙也模仿那些小朋友群魔乱舞式地指挥,果然得到(游戏里的)满堂喝彩。怎么回事?难道想讽刺我们以前的音乐课反而不如什么都不教的原生态?

从音响博物馆出来,时间已不多。我带着大家去看附近一座著名的教堂,但是东转西转天都暗了也没找到地方,气得 Sissi 剥夺了我的向导资格,带领疲惫的阿公阿婆龙龙还有很受伤的我去搭乘环城大道(又名戒指路 Ring Street)上的有轨电车。原来我把大家带到了环城大道以外了,难怪走得又远,又无景点可看。老城区的景点多在环城大道边上。

晚上,阿公阿婆带着龙龙在酒店休息。Sissi 和我去卡尔广场(Karls Platz)的音乐之友协会(Musikverein, www.musikverein.at 可以查看曲目和预订门票)听音乐会。誉满中

华的金色大厅实际是音乐之友协会大楼的一部分。对于当晚的指挥和乐队我们没有任何概念，对于交响乐更是七窍至少六窍不通，去听音乐会只是领略一下如雷贯耳的金色大厅而已。我们到达的时候演出刚刚开始，只能买站票（5欧／人），站在观众席最末尾的一块空地。第一个曲目挺华丽，弄了很多打击乐器，但是曲子显得不够流畅（对于半乐盲而言），听得我和 Sissi 两腿发酸，昏昏欲睡。很多站票观众索性坐到地板上。中场休息半个小时后，开始第二个曲目，这个曲目就简洁很多，曲调也更流畅悦耳，不过疲惫的我们也只能把它当成摇篮曲来听。

# 寻访Sissi故居

　　和历史相比,电影《茜茜公主》只是一个童话。历史上的茜茜公主,或者伊莉莎白的家庭生活远不能用"美满"来形容:孤独,没有孩子的抚养权,与丈夫关系不和,女儿幼年夭折,儿子成年后自杀。所有这些,都让奥匈帝国皇后、匈牙利女王的头衔,以及漂亮的皇宫,失去了意义。对于任何一个正常人而言,财富、地位永远都无法和亲情相比,更不能取代后者。相比较而言,还是山寨 Sissi 幸福得多,嘿嘿。

鉴于 Hawky 糟糕的准备功课，Sissi 头天晚上重新研究了行程安排，务必在今天一日之内游览完预定的主要景点。

酒店提供的自助早餐十分简单，只有三种面包、奶酪、两三种火腿、一种沙拉、牛奶、果汁，不过有煮鸡蛋，那可是龙龙中国早餐的必备品，而且这里的鸡蛋比我们在深圳买的香，不知道是不是没有任何添加剂的缘故。于是，一场"悲剧"开始上演，不用给住宿费的龙龙连吃了四个鸡蛋，外加阿公阿婆和我各吃了一至两个不等，餐厅的鸡蛋很快就被吃完，而且一直没有得到补充。估计厨房没有想到一家深圳人会有这么大的"杀伤力"，没有预备更多的鸡蛋，让后来的就餐者不得不面对种类缩水的早餐。

我们先去美泉宫（Schloss Schönbrunn），那里曾经是 Sissi 生活过的地方。这里说到的"Sissi"可不是我们家的山寨 Sissi，而是原版的奥地利伊莉莎白皇后，昵称茜茜公主的那位。中国 Sissi 一直都想看看原版 Sissi，所以今天的主要行程都是围绕这个主题。

还在深圳的时候，我曾经让龙龙看过原版 Sissi 和电影 Sissi 的照片，并问龙龙这两个 Sissi 和我们家的妈妈 Sissi 哪个漂亮。龙龙的回答是，原版 Sissi 不漂亮，电影 Sissi 和妈妈 Sissi 最漂亮。妈妈 Sissi 听了很开心。（不过龙龙第一次回答说的是电影 Sissi 最漂亮,妈妈 Sissi 第二漂亮,原版 Sissi 最不漂亮。但是很快,龙龙就意识到了回答中"政治不正确"的地方,于是马上作了修正。)

维也纳曾经是神圣罗马帝国、奥地利帝国和奥匈帝国的首都,美泉宫作为哈布斯堡王朝皇族的夏宫和狩猎寝宫,果然气势磅礴,比布拉格的老王宫气派很多。

"这是谁住的地方?"龙龙问。

"这是奥地利国王住的地方。"

"为什么他一个人要住这么多房间?"

"啊……"我一时无语。

"是不是国王可以住这么多的房间?"龙龙继续追问。

"啊……"我继续练习发音。怎么解释呢,难道让龙龙心生当国王的念头?我和 Sissi 虽然也梦想能当上太上皇和皇太后,可谁都知道这是病人的愿望。

美泉宫里有几个华人工作人员,巧的是发讲解器的居然是一个四川来的小姑

娘,听到川音十分兴奋。

美泉宫提供中文讲解器,尨尨听得津津有味,我们也就轻松很多,就是举着讲解器太累了。一些有经验的游客自备了耳机(讲解器的耳机插孔是标准的),听着就惬意很多。

和历史相比,电影《茜茜公主》只是一个童话。历史上的茜茜公主,或者伊莉莎白的家庭生活远不能用"美满"来形容:孤独,没有孩子的抚养权,与丈夫关系不和,女儿幼年夭折,儿子成年后自杀。所有这些,都让奥匈帝国皇后、匈牙利女王的头衔以及漂亮的皇宫失去了意义。对于任何一个正常人而言,财富、地位永远都无法和亲情相比,更不能取代后者;相比较而言,还是山寨 Sissi 幸福得多,嘿嘿。

皇宫内饰十分奢华,也是我们所熟悉的、家具店所宣称的欧洲、意大利风格,听着又有点山寨的感觉了,呵呵。按照介绍,宫殿内各个房间又有巴洛克风格、洛可可风格的区别。不过,在我们眼里它们都差不多,就像外国人分不清川菜和湘菜一样。

皇宫内悬挂着哈布斯堡皇族历代皇帝的肖像画以及玛丽亚·特蕾西亚女皇 16 个儿女的肖像，其中包括后来被送上断头台的法国皇后玛丽·安托瓦奈特少女时代的画像。皇宫内还悬挂着一些仆人子女的肖像画，从他们的神态上还是能够看出"阶级的差异"。

参观完美泉宫内的博物馆，我们继续往它的后院走。虽然称它为"后院"，其实是一个大公园，或者说大广场。中轴线上的道路以碎石子铺就，两旁没有树木，看着虽然宽阔，不过给人以太熟悉的感觉，还是广场两侧的林荫道和雕像有生活气息。美泉宫的"后花园"相当大，如果全部走完（东侧的美泉、罗马废墟和方尖碑，西侧的动物园和热带植物温室），估计至少要半天的时间。我们只沿着中轴线经过海神泉（波塞冬），上到美泉宫的最高点凯旋门。

从美泉宫出来，又直奔霍夫堡（Hofburg），这里曾经是哈布斯堡王朝皇帝的冬宫。很可惜，这里不提供中文讲解器。

一楼是哈布斯堡王室银器展。展厅内，数个房间的柜子里摆满了各式银餐具，阿婆想不通他们为什么有那么多各式各样的锅碗碟盘刀叉。"他们哪里用得了这么多啊？"这是穷人版的"胡不食肉糜"。

二楼是茜茜公主（伊莉莎白）展览馆，这也是我们在霍夫堡的重点游览项目。茜茜公主展览馆内陈列着茜茜公主的用具和对她生平的介绍。山寨 Sissi 知道了原版 Sissi 会骑马、剑术，还吸毒；我则见识了什么叫做"蜂腰"——真不知道除了龙龙这么细的腰，其他大活人怎么塞进那个裙子。按照我的审美标准，原版 Sissi 最多算得上端庄，但说漂亮，还要数我们家的山寨 Sissi。

茜茜展览馆连着王室家具展，家具展厅不大，大家都没有察觉到展览馆的变化就走到了出口。

离开霍夫堡，我们前往维也纳斯蒂芬主教座堂（Wiener Stephansdom）。它建于 14 至 16 世纪之间，部分是 13 世纪建造的。

斯蒂芬教堂是维也纳的标志性建筑，也是奥地利最重要的哥特式风格建筑。教堂门口的广场上，不少身着中世纪服装的人在推销各类音乐会门票。参观教堂不用门票，不过可供参观的地方也只是进门处的大厅，中殿做礼拜的座位区则用栏杆围住，不开放。

龙龙指着墙上的雕刻问："那是耶稣，被钉在了十字架上。他身上是什么？"

"那是伤口，你看他的手上、脚上都有伤口。"阿公回答道。

"耶稣是上帝的儿子？"阿婆问。

"是啊。"我回应道。

"那别人欺负他的儿子，上帝为什么不为他的儿报仇呢？"阿婆又问。

★城堡搭配马车，将思绪拉回了中世纪

"啊……"我无言以对。公元前的上帝,那可是睚眦必报,人类生活得骄淫奢侈一些,对他的敬奉略微怠慢一点,对他的信仰稍有些动摇,上帝就要惩罚甚至灭绝人类,于是就有了诺亚方舟。他的子民以色列人跑到埃及,被埃及法老奴役,上帝就降下十灾,甚至牵连埃及百姓,逼迫法老允许以色列人离开。为何如今自己的儿子被人欺负,上帝就不出头了? 难道成为父亲之后,上帝也心地宽厚很多?

　　在斯蒂芬教堂内逗留许久,没有什么可以再看,教堂内的大部分灯也未打开,比较昏暗,接近六点的时候,我们准备离开。就在我们站在教堂外商量去哪吃晚饭的时候,身后传来圣歌声,几个身穿白袍的天主教牧师(抑或是主教?)带着许多手持蜡烛的民众列队走进教堂。广场上的游客也跟随着蜂拥而入。教堂中殿的电灯已经全开,座位区的铁门也已经打开,队伍穿过铁门走进座位区。铁门门口站着两个大汉,只放行需要进去做弥撒的人。

　　听完唱圣歌,我们决定还是继续自己的非最后的晚餐,地点是网友推荐的 Brandauer's Bieriger 餐厅,位于 Schweglerstrasse 街 37 号。

　　搭乘 U3 地铁,准备前往 Schweglerstrass 站。我们走下站台的时候,U3 正好停在那里。大家吆喝着往上冲,但是这时车门马上就要关闭。犹疑之间,阿婆冲了进去,然后——车门关上了……Faint! 布拉格的事件再次重演,只见站台上一群中国人大呼小叫:"下一站下车,下一站下车。"提心吊胆中,我们搭乘下一趟列车,在下一站安全接到了阿婆,上帝保佑……嗯,谁知道这不是上帝又一次的警告呢。

　　从 Schweglerstrass 站出来，那里显然不是旅游景点或者商业区，行人不多。Brandauer's Bieriger 餐厅一点也不显眼，我在房子前面走了两遍才看见。

　　推开餐厅大门，Sissi 以为走错了，因为说它是酒吧或酒馆更合适。酒馆内人声鼎沸，顾客以本地人居多，多数人在喝酒，但还是有不少人在吃晚餐。

　　为我们点菜的服务员帅哥胳臂上刺着四个唐人街风格的繁体字："活在当下"。过去已经消逝，未来还未成真，可以用来"活"的不就只有现在了。中国老祖宗留下不少宝贝，于子孙落魄时可以贩卖救济。

　　我们点了排骨、猪扒和鸡翅。猪扒就是在外面裹了层粉炸出来的，相对而言味道一般般。但是，这里的排骨比 Ribsof Vienna 便宜且分量足，味道也更入味，还有鸡翅也挺香。晚上吃这么多，真是罪过罪过。然而，Sissi 最后还在可怜地说："排骨我还没有吃够，怎么办？"

　　乘坐 U3 地铁原路返回酒店。在 Schweglerstrass 站台候车的时候，一个头戴嘻哈帽的黑人从我们旁边经过，眼睛一直狠狠地盯着我，嘴巴里不停念叨着什么。怎么回事？大家都没弄明白，想偷东西也不用这么高调啊，难道想打劫？我们怎么也有四个半，倒也不怕。

"尨尨，如果有人欺负我们，你怎么做？"我要把那半个人迅速提升为一个人，所以只能现场培训。

"那我就一掌把他的胳膊砍断。"尨尨的回答一如既往，就像他看的什么《铠甲勇士》。如果他是张无忌，这个回答倒也符合他的实力，可是张无忌也不会这么弱智地回答啊。

"那你把我的胳膊砍断试试看。"我还想看看自己有没有成为张三丰的可能，继续点拨："你应该用牙齿。"

"那我就用牙齿把他的胳膊咬断。"嗯，这个回答终于接近尨尨的身份，虽然还是离谱了一些。作为继续点拨的代价，我的胳膊上留下两道深深的牙齿印。

那个黑人一直走到站台的另一头，看起来暂时不用五虎群殴。

到站下车，Sissi 和我在购票机器前研究如何购买明天去哈斯塔特（Hallstat）的车票。那个黑人从旁边经过，走到电梯口，突然折返，朝我们走过来。阿婆和阿公看见，不知他有何企图，来不及提醒，赶紧拖着行李向我们靠拢。阿婆怒目圆睁，眼内射出两道光芒，狠狠地罩住黑人，阿公则一拍腰间，取下一条精钢筑头，牛皮围腰的皮带，随时准备战斗——黑人见此阵仗，只得悻悻离去。Sissi 和我听起阿公阿婆讲述这段插曲，都有些惊讶。在返回酒店的路上，阿公一直手持皮带，丝毫不敢懈怠。

回到酒店，阿婆发觉尨尨的粉红毛巾被不见了。那是尨尨这么多年来睡觉时一定要揽在怀里的物件，如果没有它，尨尨就无法睡得安稳。大家猜测可能是打扫房间的服务员把粉红毛巾被错当成酒店的浴巾给收走了。前台服务员答应第二天上班后，询问一下负责清洁的服务员。

★前厅一侧有几排架子，信徒点燃蜡烛摆在上面，以祈祷和纪念。一个生命，试图照亮黑暗的命运，奈何幽暗的灵魂，摇曳着直至化为灰烬，也只能照见三尺之地，然后被另外一盏蜡烛替代。也许正因为生命的无奈，才有无数人投入上帝的怀抱

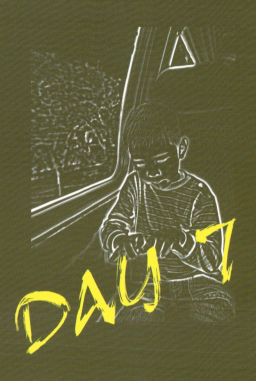

DAY7

# 阴差阳错的火车之旅

  Sissi 傻眼了,我们手里的列车时刻表是周一的。但是临行前由于计划临时变更,没有重新查询列车时刻,还以为一周七天的运行时刻都是一样的。这趟车赶不上,就意味着后面所有的列车都赶不上了。

**清**晨，Sissi 带着我搭乘 U5 到 Stadtpark 站，然后沿着环城大道迅速浏览几个著名景点。

由于时间关系，这些景点只能匆匆一瞥。维也纳以艺术闻名，不过它在物理学上也占有重要的地位，西方世界有三只最出名的虚构的猫，维也纳著名物理学家薛定谔的猫即是其中之一。科幻电影中的"平行宇宙"、"多维宇宙"等概念，都缘起于那只让无数物理天才抓狂的猫。

★Franz Grillparzer，奥地利剧作家

★莫扎特，前方是花朵组成的高音谱号

★歌德

可能是周日的缘故，地铁、电车和街道上空空荡荡，没有几个人，商店更没有开门。一座公园内，几个老人在晨练。当我们经过时，一个华人大叔冒出一句中文"早安"，我们赶紧回应"早上好"，然后周围陆续响起"早晨"（广东话的"早上好"）、"早上好"甚至一个外国大叔也冲我们说"早上好"，我们一时没有反应过来该说中文的"早上好"还是"Good morning"。随后，陆续有几个大叔大婶从其他地方慢跑过来。他们围成一个圆圈，在外国大叔的带领下开始正式的晨练。那个外国大叔喊的号子好像是中文，虽然我们没有听太懂。

★Johann Strauss，维也纳城市公园内的金色施特劳斯像是维也纳的标志性雕塑之一。身为音乐之都的维也纳，将音乐家推崇为当之无愧的英雄

★维也纳市政厅　　　　　　　　　★城堡剧院

　　回到酒店，阿公阿婆和龙龙已经吃完早餐，粉红毛巾被也送了回来。我们又要开始下一站的旅程。

**TIPS:** Sissi 在地铁站买好团体票（Einfach-Raus-Ticket，不超过 5 人同行），28 欧，可以在一天内不限次乘坐地铁和奥地利境内的慢车（EC – EuroCity）。

　　Sissi 在国内已经选择和打印了列车班次：分别在 St.Valentin 和 LinzHbf 转车，三趟均为慢车（EC）。虽然要转车，不过奥地利铁路网站上可以打印火车换乘的时刻表，几点乘车、在哪站下、在哪个站台几点钟等另外一趟列车等，十分详细。而且奥地利火车晚点的几率不大，一般不用担心衔接问题。Sissi 当时查到的另外一个方案是中间一截乘坐城际快车（IC），可以快一个多小时。但是 IC 没有团体票，一个人就要 40 多欧元。看在

★奥地利国会大厦为希腊式建筑（外形很像雅典的巴特农神庙），有"欧洲最美的国会大厦"之美称。大厦前的雅典娜雕像代表着自由与和平，底座上的雕塑则象征着奥匈帝国的四大河流：多瑙河、莱茵河、易北河和摩尔多瓦河

钱的份上，大家一致称赞 Sissi 的英明，而且 10:14 出发，下午 3:27 到达哈斯塔特，也不算晚。后面还有两个乘车方案可选，不过时间都有些晚了，第三个方案到达哈斯塔特的时间是傍晚 6:48。

车窗外风景如画，"妈妈，长大后，我再带你来这里。"尨尨突然对 Sissi 说。

大家都有些诧异，"不过，你要记得提醒我哦，因为我可能会不记得了。"尨尨补充了一句。Sissi 很是感动，虽然尨尨从小就给我们所有人许下各种承诺。"爸爸，我长大后给你买一个跑车；妈妈，我长大后给你买个拖拉机；阿婆，我长大后给你买个自行车……"不过，此时此地，Sissi 还是成为了最幸福的妈妈。

"哈斯塔特那里有什么？"尨尨对于要去的地方很好奇。

"那里有湖，有天鹅，有鸭子。"Sissi 回答。

"那我们就抓一只天鹅回去吧。"

"抓天鹅干什么？"大家都转过头望向尨尨。

"把天鹅抓回来烤了吃啊。"

"啊？尨尨，你属癞蛤蟆吗？"所有人都大失所望，一脸不屑。

"那我就抓一只鸭子吧。"

"抓鸭子干什么？"大家期待着尨尨的改弦更张。

"抓回来烤了吃啊。"

哎，焚琴煮鹤，今日终于得见。

列车员走了过来，"各位，前面就是终点站了。"

Sissi 和我一惊，时间还没到，而且下一站也不是我们可以转车的 St.Valentin 啊。列车员解释今天是周日，列车不开到 St.Valentin，需要在这里等待另一趟列车，送我们去 St.Valentin。

Sissi 傻眼了，我们手里的列车时刻表是周一的。但是临行前由于计划临时变更，没有重新查询列车时刻，还以为一周七天的运行时刻都是一样的。这趟车赶不上，就意味着后面所有的列车都赶不上了。

下车后，Sissi 试图查看后续车次是否需要变更，但车站的列车时刻表均为途经本站的列车情况，没有一个全网的时刻。大家只好听天由命。

屋漏偏逢阴雨天。阿婆和 Sissi 要上洗手间，拿着我给的几枚 0.2 欧元面值的硬币投进去，系统居然不认，原来它只接受 0.5 欧面值的硬币。但是系统把硬币吃进去又不退出来，门也不开，这就太欺负人了。上帝啊，你都收了 300 欧元的罚金啦，又让我们没有火车坐，难道连这 5 毛钱都不放过？

等了一个多小时，乘车去 St.Valentin。然后继续等一个多小时，搭乘我们原时刻表上的第三个方案中 15:43 的列车（也就是说我们还错过了第二方案的列车）去 Linz。就这样，比原计划晚了整整三个小时，心疼啊，今天就是奥地利铁路一日游了。看着窗外美景，还有一点点爬下山头的太阳，Sissi 的心中在滴血。

"尨尨,你答应过妈妈,以后还要带妈妈来这里。"

列车中途上来一群本地小朋友,没有大人带领。他们在车厢内追逐打闹,甚至半个身体都探出车窗。尨尨看到那么多小朋友,心有些痒痒,在我们的默许下也跑过去和他们玩起来,只是不时还会要下赖,好在那些大朋友也不和他计较。

列车接近哈斯塔特,沿途已没有像样的站台,一个牌子就代表一个站。因为列车晚点,Sissi 和我猜测下站应该是哈斯塔特。列车停下,大家赶紧拎着箱子开门下车。这时,车头方向冲下一个列车员,冲我们用力挥手,示意我们回车上去——他知道我们要去哈斯塔特,敢情我们下车下早了。大家又吭哧吭哧把箱子搬回车上,继续坐了一站才到达哈斯塔特。

列车到达时已经晚点十多分钟,不过渡船还在等待这趟车的旅客。渡船的时刻是和列车时刻衔接的。

湖对岸,HertaHÖll 旅店老板开着车正等着 Sissi。按照 Google Map 所显示,这家旅店距离码头大约两百米。这么近还来接我们,真不错。旅店老板开着车,东拐西拐,开了好一会儿才到达旅店。大家心里都充满了疑惑,两百米这么远吗?难道 Google Map 像希腊人一样,说的距离很不靠谱?

HertaHÖll 是一个家庭旅店,一楼是客房,主人住二楼。女主人和我们确认好第二天早餐的时间和食物,届时她将把早餐送到我们房间。

★抵达哈斯塔特正直傍晚，浮现在深蓝色群山中的灯光仿佛来自精灵王国的召唤

在哈斯塔特已经错过了下午，绝对不能再错过明天早晨。而且 Sissi 对旅店到湖边的距离充满了疑问，所以决定和我出去转一圈，探探路。

我们走出小屋，顺着道路往湖边走。

"哥哥，那是什么？" Sissi 指着前面一大团白色的东西问。

"那是云。"我不假思索地回答。

"好像不是云。"我再定睛细看，那一团白色物体升在半空中，很厚，看起来很近，的确不是云。

"是不是湖对岸的山？" Sissi 猜测。

果然像山。我们举头四望，侧后方也有一大团白色物体浮在半空，也是山。它和前面的山就像两个巨大的金刚，袒胸露乳，于黑幕中俯视着哈斯塔特小镇。

# 天堂小镇哈斯塔特

寂静的清晨，我们就在这里等待太阳翻过湖边的山头。阳光从山顶蔓延而下，溜进哈斯塔特，点亮这云雾缭绕的小镇。此间静谧，深入灵魂。

★阳光、薄雾氤氲出一幅虚幻缥缈的图画

天刚蒙蒙亮，Sissi 和我起了个大早，背着相机，提着三脚架就出门了。旅店离湖边确实不远，步行三四分钟。而且 Sissi 知道了 Google Map 没有错，这里确实有一个码头，不过不是渡船码头。虽然我们住的地方距离渡船码头远了一些，但这里却是拍摄哈斯塔特小镇的好地方。

　　Sissi 赶紧让我把阿公阿婆和龙龙喊来，一起欣赏美景。

　　寂静的清晨，我们就在这里等待太阳翻过湖边的山头。阳光从山顶蔓延而下，溜进哈斯塔特，点亮这云雾缭绕的小镇。此间静谧，深入灵魂。

★ 小镇居民过着
面向碧水，春暖
花开的生活

八点半，Sissi 还是舍不得眼前的美景，不肯离开去吃早餐，我只好先回去。

我们回到房间时，早餐已经摆在了桌子上，我们吃完早餐再准备了些面包给 Sissi 送过去。

旅馆院子里有一辆儿童赛车，还养了几只兔子，比起湖边美景，这些更让**龙龙**兴奋。


口述：龙龙

记录：妈妈

我在哈斯塔特看到了兔子和汽车，是在酒店外面的花园里发现的。

哈斯塔特真好玩。我们在哈斯塔特看到了兔子和大河，我们坐了船，我还玩了哈斯塔特的汽车，真好玩。汽车有方向盘，还有脚踏板。那里的兔子跟我们不一样，我们的那是红色的眼睛，他们那是黑色和白色的眼睛。黑色的是眼球，白色的眼球外面的东西。我喂兔子草的时候，兔子一个个来抢我的草，兔子用鼻子闻了我的手指头。

我还在湖边喂了鸭子和天鹅。天鹅是脖子长，鸭子是脖子短。天鹅的羽毛是白白的，还有的天鹅是灰灰的，鸭子的羽毛是灰灰的。我想把鸭子和天鹅抓起来炖鸭汤，炖鹅汤。（父母已经对此进行了"爱护小动物"的教育。）

我和妈妈爬了山，快把我累死了。妈妈说："累才能看得远"我说："我们徐教练说过，流汗多才进步大。"我叫妈妈赶快下山，我跟妈妈说："阿婆会孤单的。"然后妈妈就带我下山。我找到一条道，然后走那条道不一会就走到了湖边。

★蓝丝绒的湖面，两只天鹅恋情于山水间

★ 长在墙上的树，或是长在树上
的窗户？这景致实在让人喜欢

收拾好行李，大家出门，第一次也是最后一次逛哈斯塔特小镇。

我们边看边拍边走。

到达码头后阿公和我返程去旅馆拿行李。我询问正在二楼做家务的房东太太能否开车送我们去码头，房东太太抱歉地回答，现在没有车。想想，我们自己没有提前说，也不怪别人。看起来，房东先生可能还有自己的工作。于是，阿公和我拖着三个箱子（包括龙龙的小箱子）走回码头，除了轮子在石子路上发出巨大的轰鸣声，引得路人无不侧目外，一切都还挺顺利，时间也不长。

码头后面的半山腰有一条漫步小径，可以从另一个角度观看小镇。我们没有时间去徒步，只能爬上去从高处看看小镇风光。

乘渡轮离开小镇。

湖对岸，游客们爬上高坡，在铁路边等候约 10 分钟，去萨尔兹堡（Salzburg）的火

★ 宁静的倒影被螺旋桨绞碎，
将我们的留恋揉合在波光中

车即抵达小站。两三个小时后，火车开到萨尔兹堡火车站。

萨尔兹堡火车站正在改造，出口不是太好找。不过，沿着指示牌，基本不会迷路。从火车站出来，问了几个人，途经 Information Center 和肯德基才找到去贝特斯佳登（Berchtesgaden）的 840 路巴士站。巴士站就在大马路边上，其貌不扬。Sissi 还在寻找站牌，以确定车站，一个路人告诉 Sissi，840 巴士站就在她站的地方。在原版 Sissi 公主曾经生活过的地方，Sissi 没有理由不相信他，虽然我还是多走了两步路确认一下。

等了十多分钟，840 巴士来到。那位路人示意 Sissi 这就是我们在等的车，然后与我们一起登上大巴。840 巴士就是一个普通的市内公交车模样，没有太多的座位。我将箱子和三脚架等物品放在车厢中部，靠近后车门的地方。

大巴启动，穿行于萨尔兹堡市区，过河，然后进入郊野。没有明显的标志，仅仅根据一些德文路标，我们猜测车已进入德国境内。

车速加快，我放置的大箱子也出现了不安定的因素——它随着大巴的启动和制动而前后滑动。幸运而又不幸的是，大巴后门口站着一个小姑娘，戴着黑色方框眼镜。每次箱子滑向她，她就轻轻地把箱子推回去。我一直犹豫要不要出面解决这个问题，但一时也没有想到什么方法，就厚着脸皮坐在椅子上，假装箱子不是自己的。

但是，大巴一个强力启动，箱子滑动得十分剧烈，小姑娘自己都没有站稳。我再也无法继续伪装下去，冲过去，抓起三脚架顶在箱子下面（奇怪，为什么我之前就想不到这个主意？）我为箱子的事情向小姑娘道歉，小姑娘笑笑说："没事，这个游戏有些好玩。"过了几站，小姑娘到站下车，走前冲我打了个招呼。没有人"保护"的箱子很快又出现状况，龙龙的拉杆箱由于汽车晃动而倾倒。这次我没有什么好招数，只能将它扶正。但是，很快又一次摔倒。后排一位大爷安慰我："不用担心，你的苦难就要到头了，下一站就是终点站。"

贝特斯佳登（Berchtesgaden）汽车站和火车站在同一处，共用一栋建筑物，内有 Information Center，售票处，候车室。广场是汽车站，穿过楼房就是火车站。在广场上，Sissi 给房东打了一个电话。10 分钟后，一位老大爷开着一辆单开门双排座的菲亚特来到车站。我们想像不出这辆小车如何把我们 5 个人带箱子全塞进去，难道老大爷会变魔术？

★ 一路有阳光相伴，树叶闪烁得让人真不开眼睛

老大爷英语不灵光，但人很好，Sissi 就由着他安排。老大爷先把最大的箱子放进后备箱，那箱子挺沉的，但是老大爷坚持自己来搬，不用我和阿公插手。老大爷比划了一下另外一个箱子，发觉无法塞进后备箱，于是把它放在后排座位，然后拉着阿婆，示意她进车就坐，又拉着龙龙让他进去。老大爷看了一眼车里的座位，拉着 Sissi 请她进去，又让阿公和我把背包放进车里，最后告诉阿公和我，他过 10 分钟就回到这里来，让我们到前面的椅子上坐着休息——不是随处逛逛。

　　在车上，老大爷告诉 Sissi，他还有一辆大车，但是今天不在，所以只好开这辆小车出来。车很快离开大路开上山坡，贝特斯佳登小镇是在山上，而不是山下。老大爷介绍沿途哪里是小镇中心、哪里是超市、哪里有饭店、哪里有标志性的教堂。

　　汽车停在山腰的一栋房子门口，这就是旅馆的三楼。旅馆依山而建，背后有一座教堂，位置很好认。老大爷把行李搬下车，半牵半扶着阿婆下车，一位老奶奶已经在那里等候。老奶奶将两间房间的钥匙交给 Sissi，又送了一条红色的带子和一颗巧克力给龙龙，借给 Sissi 一份汽车时刻表和四张可以免费乘坐大巴的游客卡（Visitor's Pass）。

　　另一边，阿公和我在汽车站游逛十多分钟后终于等到老大爷，顺利归队。

　　稍事休整，大家去镇上吃晚饭。我带错了方向，走到了小镇边缘。随意走进一家餐馆，一个魁梧的日耳曼大婶面无表情地招待大家。作为回应，我在本次行程中第一次主动没给小费。


口述：龙龙

记录：妈妈

　　我们离开哈斯塔特坐了船，再坐了火车，坐了火车到了萨尔斯堡。我给妈妈说："为什么我们不坐无轨电车呢？"妈妈说："无轨电车挂电线是在城市里跑，我们是到城市外面去。"我们坐的那个车子是到野外的公共汽车，所以它没有电线。野外有很少很少的房子，城市有很多很多的房子。我们到了国王湖，有个爷爷来接我们，他开一辆小小的车子来接我们。我们坐的爷爷的车是单开门双排座的，是白颜色的。然后，我和阿婆，妈妈一起坐着爷爷的车。最后，爷爷又接了爸爸和阿公。在外国都是这样，男生让女生。

DAY 9

# 鹰巢之“鹰”

　　上山的路蜿蜒曲折，雾气弥漫，道路两旁的风景十分漂亮。大巴车的语音系统开始播放鹰巢的介绍，可惜讲的全是德语，好像另外还用一种语言重复一遍，不过对我们来说，都一样——听不懂。尨尨又体验了一次“飞翔”的感觉——对他而言，人在云里或云上，就是“飞”。

早餐在一楼餐厅。老奶奶询问我们都需要什么，牛奶？鸡蛋？然后一个单词Sissi和我怎么都没有听懂，旁边一个中国女孩回头告诉我们，那就是一个芝士火腿"拼盘"。

女孩和她同伴也来自大陆（她前面见到的多是台湾客），继续交谈，她们也来自深圳，而且也住在南山。更加巧合但同样悲哀的是，她们也在旅途中被偷了。在慕尼黑的酒店，她们按照酒店前台的建议，将行李放在走廊上的一堆行李中，然后回来就发觉行李不见了。难怪说深圳落伍了，深圳人跑到欧洲都能被人偷。如此看来，Sissi在维也纳酒店拒绝前台的建议是何等英明，谁知道那个前台和上帝是不是一伙的。

　　由于天空阴云密布，完全没有要晴的迹象，Sissi 决定前往她最没有期待的鹰巢（Eagle's Nest）。我们沿山坡而下，穿过一座天桥到达车站大楼。

　　这里大巴的线路号均在车头的电子屏上显示，而且随时会变，例如大巴进站的时候是 840 路，等到发车时间一到，它可能就变成了 836 路。我们要乘坐 838 路大巴前往 Obersalzberg 站，但一直没有看到 838 路大巴进站。眼看发车时间临近，查看过车站所有的大巴（也就三四辆）也没有发现一辆大巴的脑袋显示 838 路。一对澳洲老夫妇也和我们一样要去鹰巢，同样没有看到 838 路大巴。他们仔细查看大巴时刻表确认时间无误后，登上最前面一辆停了许久没开的巴士，几秒钟后下来告诉我，那辆大巴就是即将去鹰巢的 838 路车，此时这辆车的电子显示屏还没有任何显示。

　　十多分钟后，澳洲大叔招呼我："可以上车了。"这时，大巴的电子显示屏也出现了 838 的字样。厖厖抢先爬上大巴,占据驾驶员后面的座位,因为"我要坐'第一排',看得远的",可是实际情况是,这个"第一排"的视野全被驾驶员的座椅给挡住了。Sissi 放弃其他无敌景观位,主动凑到厖厖旁边加强母子感情。

我们有游客卡,可以免费乘车,其他乘客多使用拜仁票或购买个人票,司机还要在机器上一一记录不同类型票的数量。大巴行驶了大约 10 分钟,在中途一处车站停靠时,大部分乘客包括那对澳洲夫妇纷纷下车。我们也赶紧跟随下车,然后跟着大队人马一直走到售票处。

鹰巢有几种票出售,包括套票(多个景点)、单程票(单程上山的穿梭巴士 + 鹰巢电梯)、往返票(双程穿梭巴士 + 鹰巢电梯)。如果买单程票,可以在参观完鹰巢后不下山,直接用游客卡免费坐公交巴士回小镇。Sissi 算计着有游客卡半价

优惠,如果半价,往返票应该比单程票贵不了多少,至少不用在山上乱转找公交车站,还是买往返票吧。售票员一报价钱——13.5 欧元,Sissi 傻眼了,只比原价 15 欧元便宜一点点啊。思量半天,猜测那个半价可能只是针对穿梭巴士的费用,电梯费用是大头而且没有优惠。

上山的路蜿蜒曲折、雾气弥漫,道路两旁的风景十分漂亮。大巴车的语音系统开始播放鹰巢的介绍,可惜讲的全是德语,好像另外还用一种语言重复一遍,不过对我们来说,都一样——听不懂。厖厖又体验了一次"飞翔"的感觉——对他而言,人在云里或云上,就是"飞"。

我身旁的英格兰游客忽然对我说:"我 40 年前来过这里。"

　　我有些惊讶,不过既然外国友人主动开了腔,一贯喜欢和游客交流的 Hawky 自然不能只是哼哼两下。"现在的景观和那时候有很大变化吧?"我生活在一个每天都在变化的国度和城市,自然以为全世界都是如此。

　　"嗯······我们当时乘坐的巴士没有现在这么新、这么漂亮,道路也宽了一些。你有没有看到刚才经过的弯道?"英格兰游客说的是大巴刚才经过的一个 U 型弯道。"我们当年乘坐的大巴在那里转弯的时候,前轮几乎贴着山崖边缘,从车内看出去,感觉车就在山崖外面,十分惊险。我对那个场景印象十分深刻,而其他就没有什么印象了。"有这么刺激?早知道我刚才应该伸个脑袋出去体验一下。

　　鹰巢位于 1800 多米高的 Kehlstein 山顶,是纳粹德国给希特勒修建的会议中心,光从险要的上山道路就可以看出希特勒修建这个鹰巢真是花了大钱。也有资料说是希特勒的秘书长马丁·波曼( Martin Bormann )下令修建作为希特勒五十大寿的礼物。

　　大巴的终点站是山上电梯入口处。在这里,需要登记下山的时间,以便安排乘坐下山的巴士。Sissi 和我简单商量了一下,把心一横,把时间定在下午 3:30,反正今天也不打算去其他景点,这种玩法在我们所见到的所有攻略里,可能是最奢侈的了。

我们穿过一条一百多米长的隧道,在尽头的豪华铜质电梯门口排队等候上山。电梯门口有像是禁止拍照的标志。不过,我研究了一下,应该是禁止在电梯内使用闪光灯。

当年的修建者在此处向上钻通了整个山峰,从而建成直达山顶的一百多米的电梯隧道,真不能不佩服这些德国工人的技术和勇气。

鹰巢在"二战"时被认为是纳粹首领在柏林以外的第二个政府所在地,因此在1945年成为盟军轰炸的目标,大部分建筑已被英国皇家空军炸毁,现在只剩下礼宾所、地下碉堡和茶室。美剧《兄弟连》中,美军101空降师的E连为争得战争荣誉抢在法国军队前面占领了鹰巢。不过也有资料说,最先到达(不是攻占,因为没有任何抵抗)鹰巢的实际是美军第三步兵师第七步兵团第三营。

山顶大雾弥漫,能见度只有10~20米。屋内的图片展览主要展现当年修建鹰巢的艰苦工程。可能出于政治原因,包含有希特勒本人的照片好像只有一张,盟军将领视察的照片反而更多一些。

这座房子本身没有太多可看的,基本就是一个咖啡厅。于是,阿公带着阿婆向山顶攀登,尨尨和Sissi还有我紧随其后。如果天气晴朗,站在山顶可以看到德奥边界、德国第二高峰Watzmann、鹰巢旁边的耶拿峰(Jenner)、国王湖(Konigsee)、贝特斯佳登全景。让希特勒看上的地方,风景应该不会差。但是现在,站在山顶,满眼只是茫茫白雾,连鹰巢那栋房子都看不到。怎么办?"等!"Sissi横下一条心。

在山顶吃完午餐,山顶的雾气便渐渐散去,周围的山峰也一个个显现出来,偶尔还有阳光照在对面山峰上。看来"等"真的是旅游的一字真言,就是代价大了点。不过,云雾一会儿就从山下漫上来,过一会再散去,总不能全晴。

后山有一条下山的小路,崎岖又有些湿滑。尨尨的探索欲总是没有边界,在Sissi提心吊胆的喊声中,三个男子汉执意走了一截,满足了尨尨的心愿方才返回。说实话,这一截最危险的还不是高高低低的在岩石上凿出的小路以及旁边的悬崖,而是不远处Sissi的尖叫给我们造成的心理压力,唉!

　　一只黑色的鸟飞了过来,停在附近的岩石上。"那是不是鹰?"我顿时来了兴趣。在鹰巢,如果能和一只鹰合个影,那不就是双鹰(英)会嘛(我的英文名字是Hawk,就是鹰的意思)。

　　"它也有点像乌鸦。"Sissi提出不同见解。

　　我听了有些不爽,但如果真把乌鸦当成鹰就太搞笑了。我仔细观察那黑鸟滑翔的姿势。"一定是鹰!它这么漂亮,滑翔的姿势这么高贵优雅大气,不应该是乌鸦。而且这里叫'鹰巢',应该有鹰才对。"可怜的Hawky哪里知道,"鹰巢"一名来自"二战"结束时一位英国记者的报道,形容这里是纳粹德国政府在柏林之外的所在地,而纳粹德国的国徽就是一只鹰。

　　在山顶盘桓许久,我们才准点下山。

　　回到贝特斯佳登镇,Sissi带着我们去超市采购补给,超级便宜的牛奶(不到1欧元一大罐)、果汁、面包、青黄瓜、水果、鸡蛋。超市门口有免费购物推车,说是免

★因为时间松散，爸妈也玩得特别开心

费，还是需要投币 1 欧元才能给车解锁。不过，只要把车退回原位，那 1 块钱会自动被"推"出来。

原本计划去老大爷推荐的旅馆楼下的餐馆吃晚饭，不过大家被沿途一家快餐店吸引进去，它有烤鸡翅、Gyros、汉堡……都是 Sissi 家肉食者的最爱，而且大家也不想继续冒雨行走。这家快餐店是夫妻店，看老板娘的头饰应该是土耳其移民。二十世纪由于劳动力短缺，德国输入了大量外籍劳工，其中就包括土耳其人，同时大批土耳其库尔德族人也涌入德国寻求政治避难。所以每次土耳其或伊拉克的库尔德族人被欺负了，大家就能在电视上看到德国库尔德族人上街游行。

扯远了，Sissi 点的饭里面有一份烤鸡翅配薯条，大家觉得还不错，于是准备再点一份，但是不想要薯条，只要鸡翅。可是，不管 Sissi& 我和老板娘怎么沟通，双方就是不理解彼此在说什么——这都是上帝在人类修建巴别塔时干的好事（上帝听到不会又追杀过来吧）。就在几个人都在苦恼之时，对面一个不时和男友热吻的女士主动

承担起了翻译工作，很快就结束了双方的苦恼。不过，老板娘最后端上来的还是烤鸡翅配薯条，因为他们"只做菜单上的标准菜品"，唉。

讲述：龙龙

记录：妈妈

我们早上起床的时候去吃了早饭。早饭有面包，有酸奶，还有鸡蛋，还有牛奶。鸡蛋上面缝出了一个母鸡，很好玩。

然后我们到了鹰巢。我们在上面吃了东西。我们在鹰巢上看到了云，山，还有一些石头。云像一个白白的床，山比云还要高叻。我们在云上面，变成了天神，天神就是天上的神仙。我们在山上，下了大雨，然后过了一会就天晴了。我们还喂了小鹰，毛是黑色，嘴巴是黄色，爪子是红色。我和爸爸拿了面包喂鹰，我想把鹰抓回家炖鹰汤。我们在山上，两边都有悬崖。

我还当了旅游团长，我有绿色的牌子有钥匙才当成的旅游团长。旅游团长带人上山下山，还负责扶着旅客下山，扶着妈妈下山。爸爸妈妈都喊我颜团长。

我们回到了酒店，开了茶话大会。

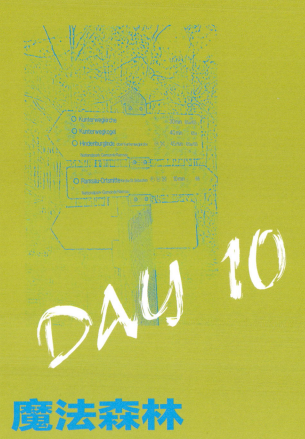

# DAY 10

## 魔法森林

　　围绕着魔法森森(Hintersee)湖慢慢走了一圈,在湖另一端的车站,大家准备乘坐巴士回去。车站一对中国情侣告诉Sissi,他们来的时候确实看到了木偶屋。怎么办? 是否要去看一眼本次路线最"重要"的景点? 危危虽然依然对木偶屋充满好奇,但是他已经知道"11路车"要走多远,所以打死也不去。而Sissi要挽回声誉,否则回去会一直被危危冠以"撒谎者"的头衔。

今日天气晴好，Sissi 也喜出望外，决定去魔法森林（Hintersee）徒步。这条徒步路线难度系数一般，据说很适合老年人，只需要半天即可游完。

我们乘巴士在 Ramsau 教堂站下车——这里是拍摄 Ramsau 教堂的好地方。

拍完照后，我们穿过马路朝前一队游客消失的方向走去，跟随其他游客通常总能走到景点。

★虽然走错了路，但路上的田园风
光让人赏心悦目，也不觉懊悔

对于痛恨"11 路车"的尨尨来说，说服他参加这次徒步的最重要理由是路上有木偶屋。所以从小村庄起，尨尨就开始询问什么时候可以看到木偶屋。Sissi 一再保证很快就到，但一路都"很快"，就是看不到。尨尨渐渐失去耐心，而且开始怀疑 Sissi 讲了谎话。所以每次看见远处一个房屋形状的物体，Sissi 都像看见救命稻草一样，可是走近看却是个木头堆。

然而走上一道陡坡后，我们在一处三岔路口产生了分歧。先走看起来最像的密林方向，可是越走越不像国外的徒步线路——泥泞的小路，也没有指示牌，路上还有横七竖八

★ 徒步线路一直没有偏离小溪以及公路，并且跟随小溪穿过公路

的树干；大家返回三岔路口，又朝草丛方向走，也感觉不对。问路后，我们带着疑惑，走回木桥，就在距离木桥两米远的地方，指示牌上赫然写着"Hintersee"以及方向！

　　鉴于Sissi和我犯下的"错误"，我们把"领队"一职禅让给了垂涎已久的龙龙。好吧，每个路口就由龙龙来根据指示牌决定前进的方向。沿着石子"大路"，穿过小村庄。沿途风景说不上惊艳，但是挺漂亮。

　　在一处餐馆兼旅馆的院子里，主人修建了一个儿童游乐场，虽然四天王（阿公阿婆 Sissi 和 Hawky）都不想龙龙在此耽搁，但在木偶屋遥遥无望之际，"何以解忧，唯有'火车'"。作为木头火车驾驶员，龙龙招呼几个强装笑脸的乘客的表现还不错。

　　打过鸡血的龙龙"领队"带着大家继续前行。在一处岔路口第一次出现多选题，左右两条路线均写有 Hintersee 字样，只是标注的步行所需时间略有差别，两条路中间隔着一道山涧。龙龙"领队"选择了右边道路。

　　时间已过正午，我们在路边找了一个长椅享用阿公和阿婆准备的午餐，材料就

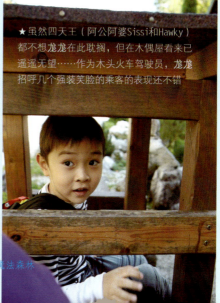

★虽然四天王（阿公阿婆Sissi和Hawky）都不想龙龙在此耽搁，但在木偶屋看来已遥遥无望……作为木头火车驾驶员，龙龙招呼几个强装笑脸的乘客的表现还不错

是昨天在超市购买的食品。菜单如下：面包夹火腿（Ham）和熏肉（Bacon），煮鸡蛋，生黄瓜，牛奶，橙汁，温开水。

　　吃过午饭，大家继续慢慢悠悠往前走，一直到Hintersee湖，仍然连木偶屋的影子都没有看到。Sissi也开始怀疑这个星球上是否存在木偶屋，但是网上攻略里别人可是上传了照片的。

　　我带着龙龙在树林里玩了会儿打怪兽的游戏——不要指望小朋友会喜欢大人眼中的青山绿水，游戏才是他们的最爱。这一路走来，路边的拖拉机，树上掉下来差点砸到我脑壳的松果，虚拟的水里游、天上飞、树上爬的怪兽，这些才是龙龙兴趣的焦点，牵引着龙

★Hintersee位于魔法森林徒步线路的尽头，湖水清澈见底。环湖一周或是在湖边小憩，都是不错的选择。

龙一点一点往前走。Hintersee 湖边呢？水里的小鱼，以及假装成轮船的石头，当然后面半蹲着一个乘客——Hawky。

　　围绕着 Hintersee 湖慢慢走了一圈，在湖另一端的车站，大家准备乘坐巴士回去。车站一对中国情侣告诉 Sissi，他们来的时候确实看到了木偶屋。怎么办？是否要去看一眼本次路线最"重要"的景点？龙龙虽然依然对木偶屋充满好奇，但是他已经知道"11 路车"要走多远，所以打死也不去。而 Sissi 要挽回声誉，否则回去会一直被龙龙冠以"撒谎者"的头衔。

　　在 Ramsau 教堂站下车，阿公阿婆带着龙龙在这里等候，Sissi 和我则重走上午的线

路。我们穿过村庄……穿过公路……经过木头火车，依然没有木偶屋的踪影，Sissi 和我都准备放弃了。走到二选一的岔路口时，Sissi 想起左边的路没有走过，会不会在那里？果然，沿着左边的路走了没多远就看到木偶屋矗立在一条小溪旁。

  Sissi 和我乘巴士到教堂站，阿公他们还在那里等车，他们也看到了窗户里的我们。龙龙挨着我坐下——因为今天我逗他的花样比较多。坐在后排的 Sissi 赶紧拿出相机，证明木偶屋确实存在。

  在车站下车后，在小镇上找了家中餐馆，慰劳一下走了这么久的阿公阿婆和龙龙。可是，里面的服务员就像客人都欠了他们钱一样，一个个扳着个脸。Sissi 和我同时决定——没有小费。

★ 傍晚的阳光斜斜的穿入林中，树木半是耀眼的光半是寂静的黑，有些魔幻色彩

★ 阳光在叶间闪烁，树影婆娑，厚厚的落叶伴着脚步哗哗作响。所谓魔法，就是让人能暂时抛开烦恼，沉醉于幸福中

回到旅馆，阿婆发觉尨尨背的包不见了，回顾今天的行程，很有可能掉在了回来的巴士上，我带着尨尨下车的时候没有留意座位是否有物品。好在包里面只有一些衣物，明天一早去车站的时候再问吧。

讲述：尨尨

记录：妈妈

我们从酒店出去了，去了火车站坐公交车。846公交车去魔法森林。我在车上看到了绵羊。

我们看到了教堂，教堂里面有十字架。我们在魔法森林看到了小溪，我玩了水，我拿钥匙玩了水。钥匙突然掉到水里，妈妈帮我捡上来了。从河水里游来两只鸭子，我说鸭子是机器鸭，因为他不会喝水，妈妈说鸭子是真鸭。

魔法森林是个可怕的森林，古代的时候，里面这些树都是会动的，以前这些树上一个叶子都没有。后来魔法消失了，就长出了这一片片的树叶，以后再也不能动了。（尨尨自编的故事）

我看到一个很高很高的桥，下面全是水，水流得太太太太急了。我还看到大树。树很高，有的树是直直的，有的树是弯的。我还坐了魔法师的椅子，这个椅子坐了会变成魔法师……

我还在魔法森林吃了东西，这是我第一次在野外吃午餐。

# DAY 11

## 国王湖之峰回路转

　　怎么才能驱散白云呢？必须由龙龙自己向上帝祈祷。龙龙虽然不是很相信我的鬼话，不过还是含着眼泪，走一步念一句"上帝，请把白云赶走；上帝，请把白云赶走"。还别说，白云真的越来越少了。龙龙看到"祈祷"真的有效，就更加积极地念叨。

今天是阴天，云雾从山上升起，聚集在空中久久都不散去。没有时间去回旋，今天只能去国王湖（Koenigssee），去不去耶拿峰（Jenner）届时看天气情况而定。

在车站，尨尨和我去巴士的问讯处，工作人员告诉我们，如果司机捡到乘客遗留的物品会交给他们，不过今天那个司机还没有来，不妨下午再来看一下。

大家乘坐巴士到耶拿峰站下车。在巴士上遇到一家北京人：一对父母带着一个小男孩。小男孩叫由由，比尨尨大。下车没多久，尨尨就和那个由由哥哥就像好朋友一样玩到了一起，甚至商量走同一个行程。由于由由不肯和尨尨分开，由由的爸爸妈妈不得不跟着我们先去游国王湖。

★白云从山背后探出头，然后拖着长长的裙裾，在山谷中慢悠悠地游荡

在售票处，Sissi 因为担心天气又像去鹰巢时的情景，所以没有买"耶拿峰 + 国王湖"的联票，只买了国王湖全程票。

国王湖的游船横向坐四列，周围全是玻璃窗，方便观景。为保护湖水不被污染，船以电力驱动，也少了恼人的噪音。湖水很清澈，两岸风景也不错，如果再洒点阳光就更好了。

游船上有两个工作人员：一个驾驶员，一个乘务员。乘务员为大家讲解此处风景，同时插入不少笑话。其实，他讲了什么，我们一句都没有听懂，因为讲的是德语，反正一船的人哈哈大笑，就几个"外国人"傻傻地不知道笑什么。

游船先开到左岸的一个小码头,放两个驴友上岸徒步。然后船行至一处地方,停下,关闭马达。乘务员取出一个小号,打开船门,对着峡湾吹奏起一句句乐曲。乘务员每吹一句,都要停下,等待远处的回声——能听到两次,然后才继续下一句。吹奏完毕,乘务员挨个向乘客收取小费。

　　再往前,右边就是红顶的巴洛克风格的圣巴托洛美教堂( St. Bartholomae )。一半游客在此下船,包括由由一家。尨尨也想跟着上岸,但被我们制止,因为我们计划先坐到终点,视天气情况再慢慢往回玩。

　　由由父母亲计划在这一站多待一会,但由由似乎想赶回船上,可是等他们跑回码头的时候,船已经离岸了。对于没能和由由同行,尨尨很是不爽,Sissi 和我至少用了一壶口水才让他安静下来。

　　游船的终点站 Salet,也是国王湖的尽头。

　　从这里上岸继续往里走是另外一个湖 Obersee。上岸处风景一般,小路上牛粪当道——之所以提到牛粪,因为这是尨尨第一次见到,很有兴趣。远处有几头牛,看起来像是一个小型牧场。回看湖景确实比较漂亮。湖边停泊着一艘摩托艇——

居然是烧油的,摩托艇码头边的水里能看到几丝淡淡的油污。

一队德国小学生从我们身旁经过,一个个依次对着我们说:"你好!"说的是中文!搞得我们一时不知用哪种语言回答这群白皮肤的小家伙。

就在我们在摩托艇码头处磨磨蹭蹭拍照的时候,下一班游船靠岸了,从船上跑下来一个身影——是由由。尨尨兴奋地迎上去,两个小朋友就像多年未见的老朋友一样抱在一起。尨尨出来差不多十天,只和我们这些大人在一起,没有小朋友玩,也憋坏了。据由由妈妈讲,由由也是这种情况。

尨尨和由由这两个萍水相逢的好朋友打打闹闹着,大家穿过清新的树林,走到 Obersee 湖。

在岸边的长桌上,阿公阿婆摆出自备午餐,一如昨天般丰盛。尨尨和由由兴高采烈地一起吃吃喝喝。由由一高兴,发誓要做尨尨的小尾巴,一直跟着尨尨。唉,所以饭桌上说的话不能当真,不管有没有喝酒,去什么地方哪里是小朋友说了算的。果然,吃完午饭,由由父母

就要往回走，上耶拿峰，因为耶拿峰下来的末班缆车是四点多，晚了就赶不上了。这下可捅了马蜂窝，两只小马蜂都不干了。双方父母赶紧承诺晚上一定再见面，可是大家都默契地没有交换住址、电话等任何联络方式。

由由一把眼泪一把鼻涕，一步三回头地走了。尨尨哭着喊着也要去耶拿峰，我们只好使出萝卜加大棒这一老招数：现在没有蓝天，所以我们肯定不去耶拿峰；只有当全是蓝天的时候，我们才返程去耶拿峰，现在要继续往里面走。

怎么才能驱散白云呢？必须由尨尨自己向上帝祈祷。尨尨虽然不是很相信我的鬼话，不过还是含着眼泪，走一步念一句"上帝，请把白云赶走；上帝，请把白云赶走"。还别说，白云真的越来越少了。尨尨看到"祈祷"真的有效，就更加积极地念叨。

这个时候，阳光罩住 Obersee 湖对面的小木屋，最漂亮的一刻出现了。身旁的湖水则安静得就像一面镜子，让人不知道何处是天、何处是水。此时才感叹：最吸引人的水不是清澈见底，也不是深不可及，而是看着那些山（的倒影）往湖底方向延伸，仿佛水下是另外一个与我们相似又截然不同的世界。

不过，阳光光顾小木屋的时间很短，只有上午那短短的十几分钟，所以来国王湖一定要上午。

沿着湖岸行走，到达湖对岸要翻越一段石梯，因为阳光已经远离小木屋，加上尨尨不愿继续往里面走，我们只得调头返程。这个时候，托尨尨的福，大部分白云已被驱散，只剩几朵缠绕在山头。

我们乘游船回到圣巴托洛美教堂，此时已是晴空万里。虽然尨尨不愿下船——他想尽快赶去耶拿峰与由由哥哥会合。不过，在 Sissi 和我的反复劝说下，还是勉强上了岸。

教堂本身不大，内部只有几排长椅。墙上挂着描绘耶稣受难过程的图画。

教堂外有两家餐馆，都提供本地烤鱼。鱼是湖里捕捞上来的。看到这么漂亮无污染的湖，怎么也要尝一下"有机"鱼。还有，这里的洗手间，免费！

餐馆后面，尨尨终于看见自己可以玩耍的项目：一个小型儿童游乐场，有秋千、翘翘板等设施——比什么湖什么山好玩多了。一个外国小姐姐带着一个两岁左右的小弟弟主动与尨尨搭伙玩了起来。

太阳下山回家了，码头上也站满了排队返程的游客，从湖边一直排到候船厅再到候船厅入口。如果光等从 Salet 返程的船，不知要等到猴年马月，何况 Salet 也有返程的游客。还好，开来几艘空船专程来接这里的游客，我们只等候了十多分钟就上了船。

出了国王湖，天上的白云又多了起来。 所以这里天气很大程度上是由各山区的小气候控制的，东边晴日，西边阴。

回到旅店，厖厖开始嚷着要去找由由哥哥。唯一的线索就是车站对面的"金汉宫"中餐馆，因为聊天时，由由妈妈曾经说起他们每天都在那里吃晚饭。我只好带着厖厖先行出发，但是说好如果找不到就回到山上小镇吃。

我带着厖厖下山，穿过马路走到"金汉宫"餐厅。站在门外，我扫视了一下里面，空空荡荡的大厅里没有看见由由一家，我有些窃喜。厖厖趴在大门上透过门缝朝里面瞅了半天，兴奋地转头告诉我："由由哥哥就在里面。"由由妈妈看到厖厖，也很惊讶。原来他们回到车站的时候，由由坚决要等厖厖回来，硬是在车站等了半个小时。还是小朋友的感情真挚。 晚餐后，厖厖和由由以拥抱结束他们的聚会，并且相约回国后还要见面。

DAY 12

# 热闹的慕尼黑

　　Sissi 预订了火车站附近位于 Schwanthalerstraße 8 的 Wombats City Hostel 青年旅馆。这一路住了酒店，家庭旅馆甚至民宿，最后应该带着阿公阿婆和龙龙体验一下青年旅馆了。之所以选择火车站附近，主要是考虑火车站附近交通便利，是地铁的汇集点，而且乘火车去新天鹅堡也方便。不过缺点是，旅馆的位置靠近红灯区，可能有些乱。

★ 在火车上为了让龙龙保持情绪的稳定，我给他讲三国演义的故事一遍又一遍，如果天孝不到站，我就准备回去说行说书了

因为 Sissi 前天提前和老奶奶说好送我们去车站，所以老大爷准时出现在房间外，还是那么慈祥可亲。这次他开的是大车，把我们送到火车站。

Sissi 在车站售票处购买了拜仁票（Bayer Ticket）。据老奶奶的女儿说，贝特斯佳登火车站是私营的，不出售州票，拜仁票可以在火车上购买。不过出于保险起见，Sissi 还是去售票处查询了一下，他们出售拜仁票，只不过价格略贵一些，30 欧元，而火车上买是 28.8 欧元。我顺便又去旁边的巴士问询处查询龙龙的背包，居然找到了，一个司机今天早上刚刚送来，包内的围巾一条都不少，好了，大家可以继续扮靓了。

我们登上 9:20 的火车，转了一次车，3 小时后抵达慕尼黑火车站（Hauptbahnhof Central Station）。

慕尼黑（Munich）是德国巴伐利亚州的首府，德国第三大城市，有德国仅次于法兰克福国际机场的慕尼黑国际机场，我们将从这里返回中国香港。慕尼黑在十八世纪发展成为欧洲大都会城市，十九世纪时成为欧洲闻名的艺术城市。二十世纪初，慕尼黑还成为自然科学世界的三大中心之一（另外两个是柏林和哥廷根）。

Sissi 预订了火车站附近位于 Schwanthalerstraße 8 的 Wombats City Hostel 青年旅馆。这一路住了酒店，家庭旅馆甚至民宿，最后应该带着阿公阿婆和龙龙体验一下青年旅馆了。之所以选择火车站附近，主要是考虑火车站附近交通便利，是地铁的汇集点，而且乘火车去新天鹅堡也方便。不过缺点是，旅馆的位置靠近红灯区，可能有些乱。

　　青年旅馆的前台告知,房间还没有打扫好,要下午两点才能Check-in,大家就坐在前台大厅熬时间。大厅里有一台十分先进的自动售卖机。说它"先进",是因为其他售卖机十分简单的"推"食品下来的动作,在它那里复杂很多,机械臂一会儿横着跑,一会儿竖着爬,一会儿又横着跑,折腾了半天才"抓"到食品,不过,确实挺有科技含量的。

　　青年旅馆的惯例,床单(sheet)被套等由住客自己领取和铺放。阿婆和阿公又像在家中一样,帮我们整理床铺。全部完毕,我们乘地铁(U-Bahn)去玛利亚广场(Marienplatz)。

　　昨晚由妈妈曾简单概括了德国城市的风貌。"德国各个城市的景点和格局都差不多,市中心一个小广场,旁边一个市政厅,一座教堂。不过,慕尼黑还算有些特色"。玛利亚广场就是慕尼黑市中心的一座广场,因为广场中央的圣母玛利亚圆柱而得名。广场周围有新市政厅(Neues Rathaus)、巴洛克风格的圣母教堂(Frauenkirche)。圣伯多禄教堂(St. Peter),以及步行购物街等,游人如织,相当繁华(以欧洲标准)。

★ 市政厅内院

148 — 畅行欧洲

广场北侧的"新"市政厅其实也有 100 多岁了("二战"后重建过),它的新哥特式(Neo-Gothic)建筑风格绝不因岁月久远而显露陈旧。市政大厅钟楼顶端的德国最大的木偶大钟(Glockenspiel)是慕尼黑的一个著名景观,每逢 11、12、17 及 21 点,就会有真人大小的木偶表演历史剧,内容是 1558 年威廉五世大婚的情景,持续约 10 分钟。

龙龙吵着要登上市政大厅的塔楼。坐电梯上市政大楼,购票,再换乘另一座电梯上塔楼。登高远望果然好风景,不过市政大厅对面的圣母教堂的钟楼,貌似景观更好,因为可以拍摄到市政大厅。

　　我们原来本着节约的原则，对于塔楼尽量不上，不过有时候跟随龙龙的想法还是会有一些意外收获。另外，作为旅行团的一员，龙龙的意见也应该得到尊重，否则他后面就不配合了。而且，对于大街小朋友没有什么兴趣，太大了，但是塔楼行狭窄的空间就让龙龙生出许多乐趣，拍照也多了很多笑容。

　　晚餐我们打算去著名的 HB 啤酒馆（Hofbräuhaus，宫廷酿酒屋），据说它之所以出名是因为希特勒在那里发动了啤酒馆暴动（注：实际上 HB 只是一个历史悠久的酿酒机构，同时也因此成为了一个著名的餐馆），但是我和 Sissi 都没有带啤酒馆的地址出来。

　　我于是去市政大厅一楼问 Information Center 的姑娘："那家因为希特勒政变而出名的餐馆在哪里？"

　　姑娘很奇怪地看着我："那家餐馆 1945 年就被毁了。"（注：希特勒发动啤酒馆政变的餐馆是贝格勃劳凯勒啤酒馆 Bürgerbräukeller，而不是 HB 啤酒馆。）

　　我失望而回，受到了 Sissi 严厉的批评，"HB 啤酒馆怎么可能毁了，最近还有人去过。再去问！"

　　我又回到 Information Center，再排一遍队问那个姑娘：HB 啤酒馆怎么走？"

"HB啤酒馆,很容易找啊,顺着那个方向就可以了。"姑娘有些惊讶面前这个外国人的无知,随手指了一下侧后的方向。

　　我可不敢再马虎大意,"就顺着这条街走?"

　　"对,顺着这个方向,HB啤酒馆在左手边。在#$%广场,很容易找的。"

　　我不好意思再细问走多远,硬着头皮带领一家老小顺着姑娘手指的那条街走下去。走了好些分钟,也没有看见这个"很容易找的"HB啤酒馆。Sissi开始晴转阴,我见势不妙,不等Sissi电闪雷鸣,赶紧跑向路边一家"概念"风格的餐馆,拦下

一个美女招待问路。不知道是不是慕尼黑美女的态度和美貌成正比,这个美女态度就很好,指着马路对面的岔路说,"顺着这条路进去就是。"

　　原来HB啤酒馆不在路边啊,幸亏多问了一下。顺着那条小路拐进去,远远看见金色的"HB"标志。可是标志周围的街道空荡荡的,哪里有"著名"餐馆的风范。大家正在犹疑,一个老人走过来,指着面前的大门说,"就是这里。"然后,他拉开门招呼我们进去。

　　踏入大门,就像当年孙悟空钻进水帘洞一样,才发觉里面别有洞天。

大厅十分巨大，人声鼎沸，座位全部满座。多数是游客，也有很多身穿民族服装的当地人端着自带的样式各异的啤酒杯在聚会，他们的帽子上插着各色羽毛。当然还有传说中力大无穷的身穿传统服装的女招待来回穿梭，不过她们都很苗条（相对 Sissi 以前见过的德国女招待）。大厅中央有一组乐队在演奏。

没有人招呼我们，我和 Sissi 只得自己四处寻找空位。在一个角落看见两张空台，但不确定有没有人定位，能不能坐。正犹豫着，旁边一桌本地人示意，尽管坐，没事的。

Sissi 点了著名的猪手、白水煮香肠，还有服务员推荐的啤酒。女招待端着两大杯啤酒上来的时候，不确定哪杯是 Sissi 点的，哪杯是邻桌的。不过她略微对比了一下颜色立刻就分辨出来。炸猪手的皮很好吃，脆脆的，又有些嚼劲。白水香肠对于吃惯麻、辣、咸的我们来说，味道淡了些，觉得一般般。

看介绍，希特勒曾在这里组织了第一次公开集会，也在这里发表过演讲。看来，HB 啤酒馆和希特勒多少还是有点渊源。

从 HB 啤酒馆另外一个门出来，明显比进门的那条街热闹很多，沿途很多礼品商店。街道通向某 Plaza 商场。原来 Information Center 姑娘是要我找这个商场啊。

走回玛利亚广场，已是华灯初上，广场上多了不少卖艺的人。雕像旁的一个乐队吸引住了龙龙，乐队演奏的乐曲明快，节奏很有活力。鼓手拍打的鼓怎么看都只是一个小箱子，但是被小伙子击打得激情四射。领头的乐手每次乐曲终了，都卖劲地要求听众对他们进行"鼓励"——乐队面前有供投币的箱子，还有一些自己录制的 CD 出售。虽然是推销，不过这个艺人的言语和他们的乐曲一样充满欢乐，更多几分幽默。龙龙被这些欢快的乐曲紧紧地钉在地上不想走，一个劲要求买一张 CD。我瞪大双眼透过黑暗仔细地看了看四米外的标价，哇，15 欧元一张。我藏在钱包后面的心脏开始咚咚咚剧烈跳动，不得不断然拒绝龙龙，最后以投进一欧元结束。

DAY 13

# 宝马一次坐个够

　　出地铁口就能看见宝马博物馆。虽然叫"博物馆",但更像一个新车展馆,里面都是宝马在卖的车型,包括轿车和摩托车,楼上还有宝马租赁中心。各种车彪彪都坐了,也试"开"了——彪彪扮演驾驶员,拉着我从中国香港开到北京。

今天的行程是先去宝马博物馆（BMW Museum），再去旁边的奥林匹克公园（Olympiazentrum）。宝马博物馆和维也纳的音响博物馆一样，都是为酷爱汽车的尨尨安排的，我们对宝马都没有什么特别的喜好。尨尨拥有和曾经拥有过的汽车（玩具）数量只会比宝马博物馆多，不比它少！一岁多就认完了小区里和马路上跑的所有汽车的品牌。以前尨尨"奖励"我们时就经常这样承诺："我长大后给你买个跑车……给你买个大吊车……给你买个公共汽车。"

宝马博物馆不在市中心，所以到了地铁车站，Sissi 做的第一件事就是研究自动售票机。慕尼黑的公交系统根据距离远近划分了几个区域，似乎去不同的区域要买不同类型的票。还有明天去新天鹅堡要买拜仁票，也需要看看选择哪个按钮，如何购买等等。

"May I help you？"身后有人问我们。

Sissi 和我回头看去，一个瘦瘦的身穿德国民族服装的大爷站在我们身后。他问我们遇到什么问题。Sissi 讲了我们要去奥林匹克公园，大爷立刻噼里啪啦介绍这个车票系统就是根据距离以颜色分区和售票，奥林匹克公园在最内层区域，然后拿出一个地铁线路图，告诉我们应该乘坐 S27（S-Bahn，郊区铁路，类似于国内的轻轨）。Sissi 买完票，大爷再次在地铁线路图上用笔圈出我们所在的地铁站，一个一个给我们数要坐几站。"Five stops（5 站）。"我们赶紧重复一遍，然后大爷的笔走到 Scheidplatz 站，示意在这里转车，然后又坐两站，就到达目的地奥林匹克公园。大爷把路径标示出来，反复确认我们确实知道怎么走、坐几站，很高兴，把手里的线路图递给了我们。Sissi 忙示意我们已经有了。大爷说，你们那份线路图太小了，不够清晰，我这份大。盛情难却，我们收下线路图。

大爷又指引我们从哪里可以去到 S27 的站台，真是太热心了。我们每谢一次，大爷就脱帽弯腰回敬一次，并一直目送我们远去方才离开。

我们按照大爷的指引找到 S27 的站台，5 站后再转 U3。车上人比较多，没有什么空位，尨尨座位对面是两个金发的外国小男孩。年龄再次打破了语言和国籍的隔阂。尨尨用脚碰了碰金发小男孩的脚，金发小男孩于是去碰尨尨放在窗户上的手，尨尨反而有些不好意思，把手抽了回去。

　　出地铁口就能看见宝马博物馆。虽然叫"博物馆"，但更像一个新车展馆，里面都是宝马在卖的车型，包括轿车和摩托车，楼上还有宝马租赁中心。各种车尨尨都坐了，也试"开"了——尨尨扮演驾驶员，拉着我从中国香港开到北京。

　　馆内有模拟宝马车性能的电子游戏，游戏的界面其实挺粗糙的。不过，尨尨不在乎——他就喜欢玩电子游戏。我也好多年都没有玩过电子游戏了，我本来想自己单独跑一圈，无奈旁

边还有一个小朋友虎视眈眈，只好不和小孩争了。

　　我们准备去隔壁的奥林匹克公园。走出大门，咦，人行桥对面也有一个"宝马"——BMW Museum。原来这个才是真正的宝马博物馆，刚才逛的只是宝马世界（BWM Welt）。

　　宝马博物馆内陈列着宝马历代经典车型，以及车用飞机用发动机等产品，不过，大部分要买票才能看。大人们实在没有什么兴趣，于是"推举"我带着尨尨进去，最重要的任务是给尨尨拍照。

　　从宝马博物馆出来，转去旁边的慕尼黑奥林匹克公园。慕尼黑奥林匹克公园的建筑"以

颇具革命性帐篷式屋顶结构闻名"。

不过,在这里举办的 1972 年夏季奥林匹克运动会却以另一种方式让世人记住了它们。1972 年 9 月 5 日,八名巴勒斯坦的"黑九月"组织成员在这里袭击了以色列代表团,造成 11 名以色列代表团成员死亡。11 名无辜的以色列代表团成员的丧生令人心痛。不过,在巴以冲突、巴以军事力量对比悬殊乃至犹太人建国历史的背景下,却很难评述恐怖行为的正义性或非正义性。恐怖行为是非对称战争的一种形式,是弱者对付强者最有效的军事策略,甚至强者也喜欢使用。而以色列在争取独立的战争中以及之后,也使用这种方式打击过英国人和阿拉伯人。

暂时忘却那些历史,回到眼前这个宁静的公园,给笨拙的天鹅喂点面包,在阳光下散散步。天鹅在抢食物这件事上面,真的是"君子矜而不争",丢给它们的食物,十之八九都被长途飞奔过来的鸭子和迅雷不及掩耳盗铃之势扑过来的鸥所叼走。天鹅们就这么看着,肩膀都不耸一下。

回到旅馆,阿公阿婆和尨尨要休息。Sissi 和我又去玛利亚广场转悠。广场旁边居然藏着一个啤酒广场,那是著名的谷物市场( Viktualien Market )。Sissi 买了一份

烤德国猪手,脆脆的猪皮一点也不逊于HB。继续前行,看到不少商铺,面积不大,但很漂亮,也很温暖。

　　沿着步行街(Kaufingerstr Neuhauserstr)走到卡尔广场(Karlsplatz / Stachus),广场上有喷泉,那是龙龙的最爱,一会儿带他来看。然后再沿着Bayerstr(拜恩大街)走回旅馆,和阿公阿婆龙龙一起到附近的一家新疆快餐厅吃饭。老板是一个从新疆来的大姐,会说普通话,饭菜价格也比较实惠。

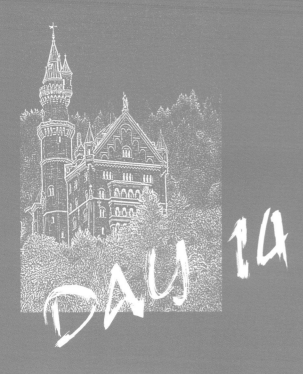

DAY 14

# 新天鹅堡，真正的豪宅

城堡的建设者和主人是巴伐利亚国王路德维希二世，一个世人眼中的悲剧人物。在此前的一些地方，路德维希被描述为茜茜公主的追求者，但是天鹅堡的讲解器和图文介绍里都没有提到这点，只是礼品店里火量出售的与茜茜公主有关的物品，又像暗示些什么。

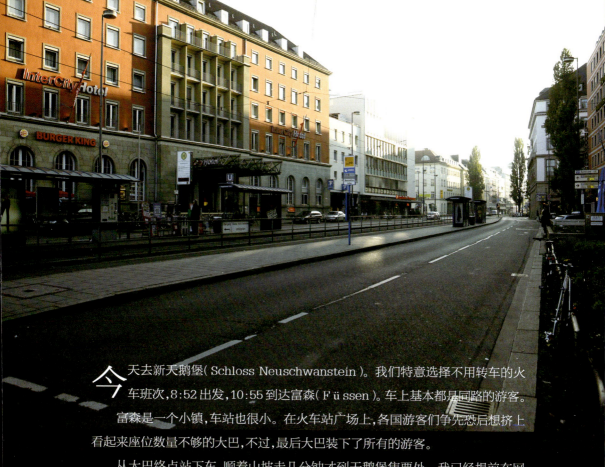

今天去新天鹅堡（Schloss Neuschwanstein）。我们特意选择不用转车的火车班次，8:52出发，10:55到达富森（Füssen）。车上基本都是回路的游客。

富森是一个小镇，车站也很小。在火车站广场上，各国游客们争先恐后想挤上看起来座位数量不够的大巴，不过，最后大巴装下了所有的游客。

从大巴终点站下车，顺着山坡走几分钟才到天鹅堡售票处。我已经提前在网站上预订了门票以及参观时间，从专门的预订通道很快就取到了门票。门票上有显示参观顺序的号码。

上山去新天鹅堡的方式有三种：步行，乘马车，坐大巴。大巴走另外一条线路，步行则和马车基本走同一条马路。那真的是"马"路，因为马车一来，行人都要让路，最关键的是，沿途的马尿气息时刻提醒你：这是"马"路。路上这么走都觉得气味不对，不知道马车上坐在马屁股后方的乘客会是什么感觉。

上山的路很好走，途经旧天鹅堡（Schloss Hohenschwangau），而且空气新鲜，是难得的肺疗。美中不足的是，满山全是大雾。站在城堡边上，就跟盲人摸象一样，只见大门不见城。

我们吃过自带的午餐，在预订的入场时间快到的时候进入新天鹅堡内庭院等候。庭院内有电子指示牌，会显示下一批可以进入的入场券号码。

排队进入城堡内部，领取中文语音讲解器，这次我带了耳机，就是电脑用的那种，可以直接插在讲解器的耳机插孔里，这样就不用一直举着讲解器了。不出所料，龙龙一把抢走了我的耳机。

很可惜，室内不能拍照，因为城堡的主人在世时就不愿意外人进来。他最后一次离开城堡时曾经嘱咐他的仆人："你要像保护圣迹那样保护好城堡，不要让好奇

的人们亵渎了她，因为我在这里不得不忍受一生中最痛苦的时刻！"如今对外开放已经是很违背主人的意愿了。

城堡的建设者和主人是巴伐利亚国王路德维希二世，一个世人眼中的悲剧人物。在此前的一些地方，路德维希被描述为茜茜公主的追求者，但是天鹅堡的讲解器和图文介绍里都没有提到这点，只是礼品店里大量出售的与茜茜公主有关的物品，又像暗示些什么。

路德维希是政治低能者和厌恶者，他在与巴伐利亚政府的争斗中节节败退，最终"被精神失常"而丧失摄政权，随后在政府的"监护"

下离奇死亡。他的死亡，也是德国历史上的一个未解之谜。

　　路德维希同时是一个艺术的狂热爱好者，在情场和政治上的双重失意，让他将一生的才华、精力和金钱都倾注在了王宫的建设上，其中的经典之作就是新天鹅堡。路德维希亲自参与新天鹅堡的设计，监督施工。为达完美，采用了很多当时先进的技术，甚至还为工人成立了当时独一无二的社会保障机构，并由国王提供补贴，由此才为我们留下了这座惊艳的城堡。

　　新天鹅堡内部装饰异常精美，墙壁和天花上铺满的壁画和油画，讲述着古代神话和宗教故事，以及路德维希二世不为世人所容同时也有些脱离现实的理想。故

事的主角之一是天鹅骑士罗恩格林，这也是"天鹅堡"得名的原因之一。除了让我目不暇接的绘画，房门上的金属饰片，精致的雕梁画柱，精美的刺绣，精良的家具，无不让我们赞叹不已，这确实是一个真正的国王应该居住的地方。不过可惜的是，由于路德维希过早地去世，新天鹅堡并未按照设计完工，相当部分建筑和房间没有修建，真是可惜啊。

还有路德维希一生唯一的红颜知己——茜茜公主，二人都有着世人羡慕的权位和财富，但其郁郁和痛苦之情堪比林妹妹。比起钱权等身外之物，我们能和自己的家人生活在一起，和最爱的人去看世界上最美的地方，这不是上天赐予我们的最珍贵的财富吗？

从天鹅堡内出来，我们又前往玛丽桥（Marienbrücke），那里是远望新天鹅堡的最佳地点，很多美丽的新天鹅堡照片都是在那里拍出来的——不过，在这漫山大雾里，是否能看到新天鹅堡，我们心里都在打鼓。果然，走上玛丽桥，四望都是白茫茫的雾气，草草拍了几张照片以作到此一游的证据后就下山了。

在山下候车的时候，雾气似乎在散去，不过，新天鹅堡还是笼罩在白雾之中。

★仍然步行下山，在沐秋的迷雾和落叶中穿行

★途中遇见一人身着传统服装演奏某种不知名乐器，龙龙驻足欣赏了很久，并羞涩地在他面前的草帽中投入2枚硬币

178

Sissi 带着遗憾跟着其他人上了大巴。大巴转过一个弯道，车内忽然响起"wow"的惊呼，雾气已经退却到半山腰以上，新天鹅堡完全现身了，一缕阳光罩住城堡。Sissi 十分遗憾，有些懊恼，上帝在用这种方法折磨她，怎么办？

"到火车站，我们再打的回来吧。"Sissi 和我对视了一眼。

到站下车，查看完下一班火车的时间，大家马上钻进一辆奔驰的士，飞奔返新天鹅堡，费用 9 块多欧元，低于火车站的提示——10 欧元。为了摊低成本，更为不留遗憾，唯有昏天黑地地猛拍，一直到城堡脱去阳光。

再次登上去火车站的大巴，我不断地祈祷，可千万不要再冒出一缕阳光照在城堡上，否则又是 9 欧……

乘坐火车回慕尼黑。火车基本满员，只觅得两个座位给了阿公阿婆和龙龙。

在新车厢里，我和 Sissi 坐在靠门的位置，阿公阿婆带着龙龙坐在车厢中间。

阿公他们的对面坐着一个穿着绿色衣服的矮个子大叔，他对着阿婆叽里呱啦说着什么，阿婆答复说："听不懂，听不懂。"但大叔还在继续说，阿婆赶紧让龙龙去喊 Sissi 来做救场。

Sissi 赶过去，和大叔的德国英语对侃。原来那个大叔在学校里开商店，卖东

西。他从身旁的包里摸出一小盒饼干,递给龙龙。龙龙接过,左看右看就是不吃,Sissi 看着有些着急,光收饼干自己又不吃,会让人以为不喜欢,不太礼貌。龙龙跑到我这里给我看。我不明所以,以为龙龙拿给我吃,加上肚子也有些咕咕叫,于是拆开饼干大嚼起来。肚中有了点粮食,我也活动活动,走过去看看他们在聊什么。大叔以为我很饿,从包里又拿出一盒饼干递给我。虽然我确实有些饿,但也不能像小时候吃完解放军叔叔的一整盒饼干啊。我赶紧递给龙龙,跑回座位。

这时,一个列车员推着饮料食品售卖车走过来。龙龙又跑到我这里要走了 5 欧元。

列车员知道龙龙想买东西,弯下腰问:"What do you want, Sir ? "

龙龙说:"我要可口可乐。"(注:中文,普通话)

列车员没听懂,这是当然。

龙龙想起我们以前"教"过他如何说外国中文:"苛 – 抠 – 苛 – 乐。"

列车员听明白了,拿出一罐可乐,对着龙龙示意:"这个?"龙龙点点头。成交!

回到慕尼黑中央车站,我们去旅馆发的地图上推荐的一家 Beer Hall,位于 Landsberger Str. 19 的 Augustiner Brewery Beer Hall。介绍上说从旅馆走路只需 10 分钟,不过安全起见,我们还是乘坐 S6 在 Laim 下车。

昏暗的路灯下,只有我们这五个中国人在街上晃悠,四处寻找这家号称真正巴伐利亚风味、性价比很高的餐馆。大家心里都有些打鼓，这么看起来穷乡僻壤的地方，有没有危险啊。

　　我用 GPS 定位到餐馆的位置，门口空无一人，但是餐馆的一个小牌子有力地抵挡住了 Sissi 怀疑的目光。推开门，喔，里面又是一番天地。数百或者上千平米的餐厅内基本满座，服务员来回

穿梭，根本无暇顾及这几个不知道从哪里窜进来的中国人。

我拦住一个看起来像是领班的人，还没有开口，他马上说："请您在座位上就坐，我们马上会有人过来。"说完，他转身就要开溜。

我赶紧喊住他："我们就是没有地方坐啊。"

领班这才安排服务员给我们找了一个桌子和别人拼桌坐下。过了一会儿，服务员又带了两个青年过来，询问是否可以拼桌。当然，自己都是和人家拼桌的，怎么可以拒绝别人和自己拼桌呢。

餐馆有英文菜单。Sissi 和我点了德国猪手——Sissi 还没有忘记昨天在玛利亚广场旁买到的猪手的味道，以及菜单上推荐的烤鸡、猪肉，然后在拼桌的两个青年的推荐下点了一个特色啤酒。

猪手的味道依然——好极了。

最后，作为对服务员爽朗笑容的回报，我们给了一笔比较大方的小费，服务员也有些惊讶，当然也更加开心。

从这里往旅馆方向看确实不远，走回去，顺便消食减肥。

# DAY 15

# 德铁天使

　　我们的两个大箱子真醒目,总有人问我们同样的问题,Sissi 和我有些欣喜也有些无奈。"是,我们是去机场。"Sissi 回答。

　　"你们坐错列车了。"那个黑衣大叔说道。

　　"什么?"Sissi 有点不相信自己的耳朵。

　　"你们乘错方向了。"大叔确认道。这个黑衣大叔脑袋后面有个肉瘤。不就是在中央火车站指点我们的那个人吗?不就是他告诉我站在那里候车的吗?更关键的是,他明明上了前面那辆 S1,怎么又在这里出现?难道他是天使,总在人们需要的时候出现?

一早，我们收拾好行李，寄存在旅馆的储藏室内，然后出发去宁芬堡（Nymphenburg Palace）。我们在火车站乘坐 17 路有轨电车（Tram）在 Romanplatz 下。

步行十分钟，经过一条水渠，来到宁芬堡。

宁芬堡建于 17 世纪，是巴伐利亚君主的夏宫。路德维希二世就出生在这里。

水渠尽头是一座池塘，里面生活着天鹅、鸭子和一大群白鸥。

看到水鸟，尨尨赶紧问阿婆要了一块面包，撕成小块喂它们。本来尨尨是要喂鸭子，但是白鸥身手异常敏捷，抢得鸭子没有还嘴之力，甚至尨尨扔出去的面包还没有落地就被白鸥叼在嘴中。看到白鸥如此了得的身手，阿公和我索性就让白鸥飞舞得更猛烈一些。

我们没有更深入地参观——在对历史没有很深入的了解的情况下，这座城堡对于大家没有特别的不同——在宁芬堡一楼转了一圈后，返回旅馆。

## 站对地方上错车

　　Sissi 带着一家人,拖着两介箱子走出旅馆,熟门熟路,走下地铁中央火车站,来到 S 轻轨车的站台。攻略推荐乘坐 S8 去机场,费时 45 分钟。距离 S8 到站还有十多分钟,Sissi 先打发我到超市买瓶矿泉水,阿公阿婆和龙龙跟着 Sissi 在这里等车。

　　Sissi 正在查看线路图,确定在站台的哪一边乘车。

　　"你们是去机场吗?"一个穿黑衣服的大叔突然走过来问。

　　"是,我们是去机场。"Sissi 回答。

　　"很好,就在这里等车。"大叔肯定地告诉 Sissi。

　　德国到处都是活雷锋啊,得到黑衣大叔这么斩钉截铁的意见,Sissi 于是不再考虑站台问题,闲着无事,继续看看地图。

　　过了一会儿,黑衣大叔又走过来告诉:"还有 7 分钟,列车就来了。"哇,这简直是活雷锋,太好心了。

　　这时，我捧着一瓶矿泉水走下来，没有给妈妈买面包，不过问题不大。"我们坐S8，还有7分钟。"Sissi告诉我。

　　S1到了，车里没什么乘客，那个黑衣大叔跳上列车。龙龙也想上车，被Sissi喊住。

　　S1离开后两分钟，S8到站，这列车上乘客不少，而且周围候车乘客基本没有先来后到的意识，一个个迅速而坚定地插队到我们前面。Sissi和我摇摇头。

　　Sissi和我好容易安置好两个大箱子，坐下，刚聊会儿天，一个大叔过来问："你们去飞机场吗？"

　　我们的两个大箱子真醒目，总有人问我们同样的问题，Sissi和我有些欣喜也有些无奈。"是，我们是去机场。"Sissi回答。

　　"你们坐错列车了。"那个黑衣大叔说道。

　　"什么？"Sissi有点不相信自己的耳朵。

　　"你们乘错方向了。"大叔确认道。Sissi盯着眼前的大叔，他的脑袋后面有个肉瘤。不就是在中央火车站指点我们的那个人吗？不就是他告诉我站在那里候车的吗？更关键的是，他明明上了前面那辆S1，怎么又在这里出现？难道他是天使，总在人们需要的时候出现？

Sissi有些错乱，赶紧从我口袋里掏出地图，得到黑衣大叔再次确认，两边的乘客也纷纷说，这列车确实不去机场。

"妈，我们坐错车了。"Sissi赶紧通知坐在前面的阿公阿婆。

"我们应该在下站下车，然后坐另外一个方向的S8，对吧？"Sissi想让黑衣大叔确认一下我们的下一步更正措施。

"不，不要在下站下车。"Sissi的计划被大叔斩钉截铁地否决掉。

"啊？为什么？"Sissi一下子懵了。

"你们在下一站没有办法快速走到对面。等到你们走到，很可能又错过一班。"

"那我们怎么办？"Sissi想要一个明确的行动计划。

"不用担心，到哪一站下我会通知你们。"

Sissi仍然不明白该怎么做，还想继续问，被我阻止了："到站的时候他会告诉我们的。"

列车行至Hirschgarten站，黑衣大叔终于说："你们在这里下车。"然后，他带着Sissi一家走出车厢，难道黑衣大叔还要确认我们坐上反向的S8才放心？

黑衣大叔来回走了几步，朝两个方向看了看，回身对我们说："就待在这里，坐S1，同一个方向。"

S1？既然说方向反了，为什么不坐反方向的S8？Sissi大惑不解。"我们不去对面坐S8，往来的方向？"Sissi指着地铁线路图。

"嗯，你可以去那里坐S8，但是这个时候你需要等20分钟。这里，"黑衣大叔指着我们站立的地方："你们可以搭乘S1到机场。"

大叔用手在线路图上比划说："S1从这个方向去机场，和刚才乘坐的 S8 同一个方向。只不过这个方向的 S8 去了 Herrsching。"

Sissi 明白过来，S1 和 S8 从两个相反的方向"包抄"去机场。不过，从图上看，S1 停的站比 S8 多啊。"你觉得 S8 会比 S1 快吗？ S1 看起来比 S8 线路长一些。"

"如果在你们最开始上车的地方，两边时间差不多。但是现在，我们已经朝这边走了一段距离，S1 比 S8 距离机场就近了一些，而且反方向的 S8 要穿过市区，会比 S1 慢。还有，S8 会比 S1 晚到这个站。"

"但是 S1 有两个终点站，这趟只去机场？" Sissi 指着地图说。

"不是。这趟车在 Neufahrn 会分成两列，前面一截去 Freising，后面一截去机场。"

Sissi 明白了，但还是有些不放心，一来怕误了班机，二来 S8 是攻略里提到的，S1 则没人提起，三来 S1 分成两截有些怪怪的，虽然我们去维也纳的夜火车就是类似的方式。

"S4 后面就是 S1。"黑衣大叔反复告诉我们。这两趟班车电子显示屏上都还没有显示。为什么他总要提到 S4 呢？

又过了一会儿，S4 出现在电子显示屏上，黑衣大叔再次过来说："我要坐 S4 走了，S4 后面就是 S1，你们就在这个位置坐 S1，同一个方向。"

黑衣大叔跳上 S4 又一次消失了。"这个大叔真是太好人了。"Sissi 有些感慨。

"他可能是德国铁路的，我看见他的皮夹子上有 DB 标志。"我说。

S4 后面果然是 S1，每节车厢上都显示"S1 Freising"，车厢一节节滑过，貌似一个火车头闪过，后面的车厢上都显示"S1 Airport"——果然，我们站立的位置能够到达慕尼黑机场。Sissi 招呼大家上车，现在终于可以安心了。

安置好行李，Sissi 和我坐在自行车车厢，聊着这个来无影去无踪的神奇人物。列车开了一会儿，到站停下。咚咚咚，什么声音？ Sissi 和我抬头，车厢对面的窗户外面，那个黑衣大叔在敲玻璃。他看到我们也看见了他，冲我们挥挥手，人一闪，不见了。

Sissi 和我对望了一眼："这个人太神奇了。"

## 汉克的一天

"今天天气不错。"汉克自言自语,"希望这个星期天气都这么好"。像往常一样,汉克从中央车站搭乘 S1 轻轨前往 LAIM 巡视铁路维修情况。

刚走下阶梯,汉克就看见一个穿白运动衣的亚洲姑娘捧着一张地图站在站台右侧,不时抬头望一下站牌,旁边还站着一对老夫妇,扶着两个大箱子,可能是她的父母;还有一个小男孩蹦来蹦去,应该是她的儿子吧。看样子这几个人遇到了点小麻烦,让我来帮帮他们吧。这个地铁站里可没有几个人比我更熟悉慕尼黑铁路系统了。

"嘿,你们要去哪里?"汉克径直走上前,用英语问道。

"我们要去机场。"白衣姑娘回答。

看起来这个姑娘并没有迷路。"你站的地方(站台)是对的,就站在这里等1号列车,不要走开。"近看,汉克觉得这个亚洲姑娘很可能是中国人。

过了几分钟,汉克看那个中国姑娘虽然答应了,但是看起来还不是很放松,再多给她点提示吧。汉克走过去对着中国姑娘说:"列车 7 分钟后就到。"中国姑娘又答应了一声。

这时,从楼上跑下一个穿深蓝衣服的小伙子,和他们会合一起。

"嗯,是一家人。"汉克瞧了一眼,站到了一旁。

几分钟后,S1 轻轨开进站台。汉克熟练地按开车门,跳入车厢。列车启动,汉克回头看,嗯,怎么那个中国姑娘和她的家人还站在站台上?这个中国傻妞,不会是坐紧跟在后面的 S8 轻轨吧,那可是往机场相反的方向啊。我不是和她说了坐 S1 吗?我得想办法阻止她。

汉克在后面一站奔下列车,等了两分钟,S8 开到。汉克按开车门,进入车厢。中国傻妞和她的中国憨哥就坐在门对面,有说有笑。他们正远离机场居然浑然不知,真是傻妞和憨哥。

"你好,你们是要去慕尼黑机场吗?"先确认一下他们是真傻还是装傻。

中国傻妞转过头说,"是啊,我们是去机场。"

"对,我们去机场。"中国憨哥也肯定地回答。

看来他们不是装傻。

"你们坐错方向了,这列车开往 Herrsching,不去机场。"

中国傻夫妇愣住了。"这车不去机场?"中国傻妞好像有点不相信。

"对,这趟车开的是相反方向,不去慕尼黑机场。"汉克十分肯定地说。

中国傻妞赶紧掏出地图打开。"列车去这里?"她指着 Herrsching 问。

"对。"

旁边两个乘客也告诉中国傻妞,这车不去机场。

中国傻妞一下子急了,站起身,用中文向车厢一头呼唤,可能是在告诉她的家人这个噩耗吧。

"我们应该在下一站下车,然后乘坐另一个方向的S8,对吧?"中国傻妞问。

"不,不,你如果在下站下车,你没有办法快速走到反向站台去。"汉克指着车外的铁轨说:这里是慕尼黑火车站区域,铁轨占据了好几百米宽的空间,这一站的返程站台在另一边。"我担心你们提着箱子走上天桥再下来,等到了对面的站台,又错过下一班 S8。"

汉克顿了一下说:"不用着急,我会告诉你在哪里下车。"

中国傻妞似乎没有听明白,还在重复:"我们马上在下站下车,然后坐另一个方向的 S8。"

"不，不，就待在车上，我会告诉你在哪里下车。"汉克赶紧阻止中国傻妞继续犯错，"你们搭乘几点的航班？"

"3 点 45 分。"中国憨哥回答。这个小伙子似乎不是很急，看来是真的憨。

"不用担心，你们不会误机。"

列车到达 Hirschgarten 站。"就在这里下车。"汉克带着中国傻妞一家下了列车。

汉克来回看了一下四周。"就在这里等 S1，还是这个方向。"汉克指着下车的地方告诉中国傻妞。

中国傻妞楞住了："S1？不是 S8？"

"站台对面可以坐 S8，不过你还需要等 20 分钟。这里 17 分钟后 S1 就来了。从这里去机场，S1 比 S8 快，S1 只需要 35 分钟，S8 需要 38 分钟。"

10 分钟后，汉克再次告诉中国傻妞："S1 就在 S4 后面，就在这里上 S1，不要走到其他地方去，这里上车可以到达机场。"

中国傻妞依然有疑问，因为 S1 有两个终点站。汉克告诉她："S1 一部分车厢会去 Feisling，另一部分车厢会去机场。"

中国傻妞看起来还不是很上路，还有些蠢蠢欲动想做傻事的感觉。唉，生死由命了："我要坐 S4 走了，你们就在这里等后面那辆 S1，有没有问题？"

一分钟后，汉克跳上 S4 离开。汉克在 Laim 下车后，想了想，那个中国傻妞不会继续做傻事吧？我费了半天功夫，如果半途而废可太可惜了。送佛送西天，我等在这里再看一下。

两分钟后，S1 进站，汉克看到中国傻妞和憨哥就可爱地坐在对面，他们终于在正确的地方上了正确的列车。汉克敲敲车窗，和他们挥挥手，高兴地离开。

今天天气晴朗，天空格外得蓝。

（以上人名身份和对话内容部分真实，请勿用于行程安排）

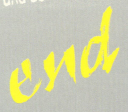

HALLSTÄTTERSEE-SCHIFFFAHRT
HEMETSBERGER KG

ÜBERFAHRT A 03500

Preis laut Tarif inkl. MwSt.

Diese Karte bis ans Fahrtende aufbewahren
und dem Kontrollor auf Verlangen vorzeigen

*end*

# 返程

　　经过欧洲皇家宫殿和城堡的洗礼，尤其是新天鹅堡那个"豪宅"，传说中的豪华的 A380 没有让我特别咂舌。

不出所料，在飞机上，空姐又送了个小背包给龙龙，虽然她看到龙龙已经有了一个。

在迪拜机场的购物大道，手表柜台里居然很多货都没了——因为刚刚过去中国的国庆，商家还没有来得及补货，对于全球旅游业来说，中国时代已经来临。

在候机口，所有乘客都在翘首以盼早点登上空客A380。窗外就停着一架阿联酋航空的空客A380，几座廊桥同时登机的情况下，居然还要分座位分区域分批登机。看到电子屏上过了一批又一批座位区域，怎么还没有轮到我们这片候机区，候机厅内数百个乘客有些坐立不安。突然，后面一阵骚动，开始登机了，原来窗户另一侧还有一架A380，那才是给我们的。

经过欧洲皇家宫殿和城堡的洗礼，尤其是新天鹅堡那个"豪宅"，传说中的豪华的A380没有让我特别咋舌，但是宽畅的座位、大屏幕显示屏、媲美精装修住宅的装饰（想想一般飞机的塑料墙饰），A380经济舱简直就是其他飞机商务舱的享受。当然，A380奢华的二楼是不允许上去参观的。

12日晚上，我们回到深圳老巢，胜利完成此次嘻游。写到这里，随团文书Hawky的工作也终于结束了。

# 攻略

## 行程

第一天，　　晚上从中国香港起飞，搭乘阿联酋航空

第二天，　　下午抵达布拉格( 经停曼谷，在迪拜转机 )，住 Residence Bologna

第三天，　　布拉格

第四天，　　布拉格

第五天，　　布拉格，晚上坐夜火车前往维也纳

第六天，　　清晨抵达维也纳，住 Pension Continental

第七天，　　维也纳

第八天，　　上午坐火车到哈斯塔特，住 Herta Höll 旅店

第九天，　　早上坐火车到萨尔兹堡，转 840 大巴到达贝特斯佳登，住 Pension Jermann

第十天，　　贝特斯佳登 – 鹰巢

第十一天，　贝特斯佳登 – 魔法森林

第十二天，　贝特斯佳登 – 国王湖

第十三天，　坐火车到慕尼黑，住 Wombats City Hostel 青年旅馆

第十四天，　慕尼黑 – 宝马博物馆，奥林匹克公园

第十五天，　慕尼黑 – 新天鹅堡 – 慕尼黑，火车往返

第十六天，　慕尼黑,搭乘阿联酋航空返回中国香港

东欧美丽的城市很多,每个城市都值得停留数日乃至数周,慢慢体会。但这次,要考虑老人能出去的机会不多,所以就多安排了几个城市,基本是每个国家比较经典的城市,中间穿插一些自然风光的小镇。但是,去的地方又不宜过多,否则时间全被浪费在了路上。每个地方最好至少停留两晚,否则匆匆一瞥,连开箱子、收拾行李的时间都没有赚回来,就太亏了。此次哈斯塔特就应该多停留一晚。不过,最最关键的是所有城市最好在一条线路上,尽量不走回头路。为此,我们也放弃了很多选择,每放弃一个城市,都如同割肉。这次行程的点睛之笔是我们从布拉格进,慕尼黑出,联程票的价格和往返票价一样,还节约了近一天的时间,行程设计的执笔人就是 Sissi。

# 交通工具

本来欧洲游最佳方法之一是自驾,新西兰那次自驾让我们爽上了瘾,在号称汽车之国的德国,怎么也要自驾一把吧？可是,和租车公司一联系,我们就傻了眼,便宜的都是手波,如果要预订自动波的汽车必须要 BMW5 以上车型才行。我知道德国人鄙视我们这种开自动波的人,那就顺便鄙视一下他们的钱包嘛,一天租金一千多 RMB,哪里是鄙视,分明是嫉妒。看在钱的份上,我们否定了自驾。好在这三个国家不仅城市内的公共交通系统十分发达,城市间的铁路也已经完全公交化；而且,6 岁以下儿童免费,还有各类优惠套票,我们5 个人乘坐十分划算。哼,不让我自驾,我们就猛揩你们的油。

Einfach Raus Ticket 一张票 28 欧 2 至 5 人共用，一天内（星期一至五早上九时至午夜，星期六日全天）火车慢车、地铁、轻轨、巴士任你搭、但是 EC, IC, ICE 城际快速列车等等都不可以搭。

我们在维也纳买的"克利马票",上面有 8 个空格,可以供 8 人次用。一个人要用的时候,在机器上过一下,在一个空格里打印上进站的时间,一个人就可以在 24 小时内随便乘

坐市内公共交通工具,所以这一张票我们 4 个成年人可以使用两天( **龙龙**免费 )。

在德国的时候,我们买过拜仁票( Bayern Ticket ),购买以后需要签名,当日有效,28.8 欧,允许 2-5 人一同使用。可以随意乘坐拜仁州内的火车慢车( RE,RB )、地铁、有轨电车、大巴( 快车 ICE,EC,RJ 等除外 )。周一到周五需早上 9 点以后才能使用,到次日凌晨 3 点作废。周末据说是凌晨 3 点启用,到次日早上凌晨 3 点作废。德国还有周末票等很多种套票,多人出行如果想省钱,一定要好好研究。

自驾的好处是自由,不过,乘坐公共交通工具的好处是可以最大程度地接触当地人,感受当地风情,当然还有 "小偷",以及其他 "奇遇"。

相比较中国而言,德国和奥地利的火车服务体系发达得变态。访问德国铁路( http://www.bahn.de/i/view/USA/en/index.shtml )和奥地利铁路( http://www.oebb.at/en/ ),不仅可以很容易地查询列车时刻,而且只要你选择出发城市和目的城市,系统会自动为你生成几种出行方案,包括几点几分在哪个车站( 千万不要弄错火车站 )哪个站台上车、几点几分到达哪个车站的几号站台,然后步行几分钟去几号站台转乘几点几分的列车。一定要选对时间,不要默认每天的班次都是一样的。

# 预订酒店

比较出名的酒店预订网站有 www.booking.com,很多酒店有免费取消条款。在预订过程中我们发现一个有趣的现象: 代理网站上标明没房时,直接和酒店联系却被告知有房。代理网站的价格往往和酒店的标价是一样的,而直接发邮件给酒店还可以拿到折扣。这和国内的情况有些不同,国内往往是标价高,但是通过代理可以有折扣。

在一些小镇和乡村有很多特色民宿,其信息并没有被酒店代理机构收录。找寻这类住宿,可以使用 Google Earth 或 Google Map: 找到旅行的景点,在其 "在附近搜索" 的选项中填入 pension,可搜索出周围的民宿其联系方式。以此信息再发邮件去作进一步询问即可。

# 携儿童出游

多数小朋友的兴趣点和成人完全不同，他们在乎的是好玩的东西，才不要管秀美的景色和悠久的历史。因此，携儿童出行时需要多花一些心思，例如：

制定一个奖励条例，每天打分，旅行结束时进行总结。需要注意的是评分要求别太严格，否则眼看无论如何都不能获奖，他们可能就中途放弃了。至少我们的奖励条例对**龙龙**有很大的约束作用，当然，他也不忘刚下飞机就拿出记分册子要和我们算账。

参观名胜古迹的时候，可以和小朋友玩寻宝游戏，即让他们拿着地图，找出上面的一个个景点。

适当地安排一些小朋友感兴趣的地方，我们为爱车的**龙龙**计划了慕尼黑的宝马博物馆。

让小朋友当导游，给他主动权，让他觉得被信任，就会主动承担起责任，"为大家服务"。

还有，更重要的，多看看目的国家的介绍，建筑、历史、宗教、人物、艺术——听起来要读完博士后才行。最不济，也要能够信手拈来几个中国故事，这才能保证唐僧转世、麻雀附身的小朋友保持安静。

# 大队伍出游

出游的人数多，很多项目需要考虑的东西比起两个人要多很多，比如上地铁的时候，队伍没有全上车，车门已经关了怎么办？有手机作为联系方式固然好，提前制定一些应对方案，也可省钱省力。让老人和小孩走在队伍中间，有旅行经验的 Hawky 和 Sissi 一前一后做开头和收尾；乘坐地铁公交，如果车已经很满，尽量不要去挤，而是等下一辆，以便将整个队伍都装上；队伍中还有人没有上车，车门就关闭时，上车的人记得在下一站下车，将紧邻的一站作为集合点。

**图书在版编目（CIP）数据**

嬉行中欧 / 颜浩，黄玉玺著 . —— 青岛 : 中国海洋大学出版社，2013.1

ISBN 978-7-5670-0220-3

Ⅰ . ①嬉… Ⅱ . ①颜… ②黄… Ⅲ . ①游记 – 作品集

– 中国 – 当代 Ⅳ . ① I267.4

中国版本图书馆 CIP 数据核字 (2013) 第 008209 号


出品统筹　臧　杰

责任编辑　孟显丽

特约编辑　冷　艳

装帧设计　良友创库 · 李欣


出版发行　中国海洋大学出版社　青岛市香港东路 23 号

本社网址　http://www.ouc-press.com

电子邮箱　cbsbgs@ouc.edu.cn

策　　划　青岛日报社良友书坊　青岛市太平路 33 号

联系信箱　liangyoubooks@126.com

印　　刷　青岛双星华信印刷有限公司

版　　次　2013 年 1 月第 1 版

印　　次　2013 年 1 月第 1 次印刷

开　　本　24 开

字　　数　83 千

印　　张　8 $\frac{1}{3}$

印　　数　1–6 000

书　　号　ISBN 978-7-5670-0220-3

定　　价　42.00 元